carlos drummond de andrade

Viola de bolso

mais uma vez encordoada

3ª edição

Rio de Janeiro, 2023

JO JOSÉ OLYMPIO

Carlos Drummond de Andrade © Graña Drummond

www.leiadrummond.com.br

Todos os esforços foram feitos para localizar os autores das imagens reproduzidas neste livro. A editora compromete-se a dar os devidos créditos em uma próxima edição, caso os autores as reconheçam e possam provar sua autoria. Nossa intenção é divulgar o material iconográfico, de maneira a ilustrar a história das edições, sem qualquer intuito de violar direitos de terceiros.

1ª edição, 1952, Ministério da Educação e Saúde
2ª edição, 1955, Livraria José Olympio Editora
3ª edição, 2023, Grupo Editorial Record

Conselho editorial Afonso Borges, Edmílson Caminha, Lívia Vianna, Luis Mauricio Graña Drummond, Pedro Augusto Graña Drummond, Roberta Machado, Rodrigo Lacerda e Sônia Machado Jardim
Fixação de texto Edmílson Caminha
Design Casa Rex

Reprodução de capa da segunda edição de *Viola de bolso: novamente encordoada*, Livraria José Olympio Editora, 1955. Design de Lilyan Schwartzkopf (p. 11).

Este livro foi revisado segundo o Acordo da Língua Portuguesa de 1990.

CIP-Brasil. Catalogação na Publicação Sindicato Nacional dos Editores de Livros, RJ

A566v
3. ed.

    Andrade, Carlos Drummond de, 1902-1987
        Viola de bolso : mais uma vez encordoada / Carlos Drummond de Andrade. - 3. ed. - Rio de Janeiro : José Olympio, 2023.

    ISBN 978-65-5847-100-4

    1. Poesia brasileira. I. Título.

22-80107
                                        CDD: 869.1
                                        CDU: 82-1(81)

Gabriela Faray Ferreira Lopes – Bibliotecária – CRB-7/6643

Todos os direitos reservados. Proibida a reprodução, o armazenamento ou a transmissão de partes deste livro, através de quaisquer meios, sem prévia autorização por escrito.

Reservam-se os direitos desta edição à
EDITORA JOSÉ OLYMPIO LTDA.
Rua Argentina, 171 – 3º andar – São Cristóvão
20921-380 – Rio de Janeiro, RJ
Tel.: (21) 2585–2000.

Seja um leitor preferencial Record.
Cadastre-se no site www.record.com.br e receba informações sobre nossos lançamentos e nossas promoções.

Atendimento e venda direta ao leitor:
sac@record.com.br

Impresso no Brasil
2023

09 Capa da 1ª edição
11 Capa da 2ª edição
13 Nota da editora
15 Nota do Conselho Editorial Drummond

VIOLA DE BOLSO
mais uma vez encordoada

PRIMA & CONTRAPRIMA

23 Inventário
24 Homem tirando a roupa
26 As rosas do tempo
27 A dança e a alma
28 O gato solteiro
29 Novo apólogo
30 Arieta de solteirão em junho
32 Obrigado
34 Invocação com ternura
35 Noturno mineiro
36 Canção imobiliária
38 Maio no Leblon
40 Roteiro da Casa Matias
42 Soneto da buquinagem
43 Cidade sem rio
44 Divina pastora
46 Luar em qualquer cidade
47 Desperdício
48 À maneira de Geir Campos
49 O poeta vai ao Jóquei
50 Os romances impossíveis
52 Caso pluvioso
55 Assombração
58 Amor em viagem
59 Tempo e olfato
60 Colônia

MEIGO TOM

63 Balanço
64 Companhia
65 Signos
66 A Américo Facó
67 Abgar Renault
68 Jorge de Lima
69 Eneida
70 Murilo Mendes & Maria da Saudade
71 Paulo Rónai
72 A Lygia Fagundes Telles
73 Elza Queiroga
74 Santa Rosa
75 Atestado
76 *Sagarana*
77 Fonte invisível
78 A José Olympio
79 Portinari
80 A Gilberto Freyre
81 A Guignard

84	Na toalha de mesa de Regina Campos
85	Luís Martins
86	A Sylvia Chalréo
87	A Cipriano S. Vitureira
88	A Alberto de Serpa
89	A Van Jafa
90	A Gofredo Neto

BOAS-FESTAS

93	A Antônio Bandeira
95	A Antônio Camilo de Oliveira
96	A Sylvia Chalréo
97	A Dália Antonina
98	A Carlos Ribeiro
100	A Yolanda Guedes
102	A Niomar Moniz Sodré & Paulo Bittencourt
103	A Charles Edward Eaton
104	A Paulo T. Barreto
105	A Rafael Santos Torroella
106	A Valdemar Cavalcanti
107	A Paulo Rónai
108	A Emanuel de Morais

DEDICATÓRIAS DE *CLARO ENIGMA*

111	A Lúcia Miguel Pereira & Octávio Tarquínio de Sousa
112	A Emílio Moura
113	A José Lins do Rego
114	A Luís Santa Cruz
115	A Milton Campos
116	A Cyro dos Anjos
117	A João Condé
118	A Brito Broca
119	A Luís Jardim
120	A três garotos
121	A Zuleika de Castro
122	Gastão Cruls
123	A Ayla Martins

DEDICATÓRIAS DE *FAZENDEIRO DO AR*

127	A Verinha Pereira
128	A Lya Cavalcanti
129	A si mesmo

PARA AGRADECER

133	Um livro, a Américo Facó

134 Um marcador de livros,
     a Lúcia Branco
135 Um retrato,
     a Sylvio da Cunha
136 Um cinzeiro,
     a Lygia Fagundes Telles
137 *Alice in Wonderland,*
     a Di Cavalcanti
138 *Prata de Casa,*
     a Eugênio Gomes

PONTEIO MADURO
141 Maralto
143 Alimento
144 Conselho

VIOLA DE BOLSO (NOVA)
147 A companheira
148 A contagem do tempo
149 A família Lyra
151 A Godofredo Filho
152 A Heitor dos Prazeres, artista
153 A outra face
154 Despedida
155 Exposição
156 Legendas para 12 estampas de carnaval
160 Livro
161 Mata Atlântica
171 M. T. A.
172 O Boi Queixume
173 Odylo, cidadão tranquilo
174 O maior trem do mundo
175 Os versos de Guilhermino
176 Papo com Lumière
178 Pedro (o múltiplo) Nava
179 Recado ao poeta
180 Ressonâncias da poesia de Henriqueta Lisboa
181 Rio: ontem, hoje, amanhã
190 Soneto de Odylo e Nazareth
191 Versos de fim de ano
193 Vinhetas de carnaval
196 Visão de *patchwork*

199 **VIOLA DE BOLSO (NOVA)** – *fac-símile*
267 **RESSONÂNCIAS**
277 **ÍNDICE DE TÍTULOS E PRIMEIROS VERSOS**

CARLOS DRUMMOND DE ANDRADE

VIOLA DE BOLSO

SERVIÇO DE DOCUMENTAÇÃO

MINISTÉRIO DA EDUCAÇÃO E SAÚDE

OS CADERNOS DE CULTURA

1952
1ª edição, Ministério da Educação e Saúde,
Coleção *Os Cadernos de Cultura*

Viola de bolso
novamente encordoada

carlos
drummond
de andrade

LIVRARIA JOSÉ OLYMPIO EDITÔRA

1955
2ª edição, Livraria José Olympio Editora

NOTA DA EDITORA

Carlos Drummond de Andrade apresentou pela primeira vez sua *Viola de bolso* em 1952, na célebre Coleção *Os Cadernos de Cultura*, publicada pelo então Ministério da Educação e Saúde. Logo após, em 1955, ele lançou a *Viola de bolso: novamente encordoada* pela Casa Editorial que marcaria boa parte de sua trajetória: a José Olympio. Em 2023, quase setenta anos após o primeiro ponteio dessa Viola, a Editora José Olympio recebe o poeta de volta à Casa – um ano após o retorno dos livros de Drummond ao Grupo Editorial Record – publicando esta *Viola de bolso: mais uma vez encordoada*.

Com base na segunda edição publicada nesta Casa, a Editora José Olympio lança a terceira edição. Aqui, contamos a história desse título que se transforma a cada publicação, ou melhor, a cada encordoamento. Pela primeira vez, o público tem acesso aos originais da pasta que Carlos Drummond de Andrade deixara para que um dia sua Viola fosse mais uma vez encordoada.

E cá está.

Que os leitores se acheguem e ouçam, tão maravilhados quanto nós, cada ponteio desta Viola.

Editora José Olympio,
janeiro de 2023

NOTA DO CONSELHO EDITORIAL DRUMMOND

A primeira edição do livro *Viola de bolso*, com 37 poemas de Carlos Drummond de Andrade, é de 1952, publicada pelo Serviço de Documentação do Ministério da Educação e Saúde. Três anos mais tarde, a Livraria José Olympio Editora lançava a segunda edição, sob o título *Viola de bolso: novamente encordoada*, em que se contam mais 54 poemas incluídos pelo autor, somando 91. Muito se passou até esta *Viola de bolso: mais uma vez encordoada*, comemorativa dos setenta anos da primeira.

As novidades do "encordoamento" com que agora chega às livrarias são, além da capa e do projeto gráfico, a apresentação fac-similar de mudanças autógrafas feitas por Drummond: no poema "A Guignard", trocou o verbo *pensar* por *cismar*; em "A Antônio Bandeira", altera-se mais: um verso inteiro, *a uma abstrata beleza*, é substituído por outro, *a visão que inebria*. E outras diferenças que interessam não só a quem estuda, academicamente, a obra drummondiana, mas também aos leitores em geral, como prova de que, mesmo para um grande escritor, a criação literária é um processo contínuo, que nunca se dá por acabado.

Acrescentam-se, ainda, 25 poemas inéditos nas edições anteriores, reunidos em uma das numerosas pastas cuidadosamente deixadas pelo poeta, hoje pertencentes à família Graña Drummond. Escrito a mão por CDA, lê-se, na primeira folha, "Viola de bolso (nova)", com manuscritos, datiloscritos e colagens em que se encontram rubricas e correções do escritor: vê-se, por exemplo, que "Os versos de Guilhermino" chamava-se, originalmente, "Os versos do poeta". Pitorescas, também, as intervenções manuscritas de quem os datilografou para Drummond, como à margem do verso, nas "Legendas para 12 estampas de carnaval", em que se pergunta se ali há mesmo uma vírgula...

Na seção "Ressonâncias", outros itens do acervo drummondiano: manuscritos do "Soneto da buquinagem" e do "Soneto inglês", este dedicado ao editor e amigo José Olympio, aos quais se juntam a crônica "Viola de bolso", publicada no *Correio da Manhã,* em 1955, e a coluna "Violinha de bolso", estampada no *Jornal do Brasil,* em 1971.

Depois da comemoração, em 2022, dos 120 anos do nascimento de Carlos Drummond de Andrade, a Editora José Olympio e o Grupo Editorial Record sentem-se honrados em oferecer aos leitores esta *Viola de bolso: mais uma vez encordoada.* Sentemo-nos, pois, à roda do poeta violeiro, para aplaudi-lo pela grandeza humana e pelo talento literário por meio dos quais soube criar versos que fazem o mundo melhor e a vida mais bela.

VIOLA DE BOLSO
mais uma vez encordoada

Nas páginas 83, 84, 93, 94, 100, 101, 107, 122, 127 e 137, encontram-se reproduzidas as emendas feitas de próprio punho por Drummond à segunda edição do livro.

PRIMA & CONTRAPRIMA

INVENTÁRIO

Que fiz de meu dia?
Tanta correria.

E que fiz da noite?
O lanho do açoite.

Da manhã, que fiz?
Uma cicatriz.

Bolas, desta vida
que lembrança lida,

cantada, sonhada,
ficará do nada

que fui eu, cordato?
Mancha no retrato.

HOMEM TIRANDO A ROUPA

À sua casa cinzenta
chega, coberto de pó.
O orgulho não se lamenta,
    mas está só.

Deixou lá fora o que havia
capaz de inspirar-lhe dó.
Nem sente melancolia.
    Só que está só.

Num rito dissaborido,
eis que tira o paletó.
Curioso (não tem sentido):
    fica mais só.

Despe a camisa e se inclina
sobre o leito rococó.
A sensação é mais fina:
    ainda mais só.

Despojado como um pária,
na nudez seca de Jó,
liberto da indumentária,
    como está só!

Há na roupa uma presença,
um elo qualquer, um nó,
que ao sozinho de nascença
    faz menos só.

AS ROSAS DO TEMPO

Admirável espírito dos moços,
a vida te pertence. Os alvoroços,

as iras e entusiasmos que cultivas
são as rosas do tempo, inquietas, vivas.

Erra e procura e sofre e indaga e ama,
que nas cinzas do amor perdura a flama.

A DANÇA E A ALMA

A dança? Não é movimento,
súbito gesto musical.
É concentração, num momento,
da humana graça natural.

No solo não, no éter pairamos,
nele amaríamos ficar.
A dança – não vento nos ramos:
seiva, força, perene estar.

Um estar entre céu e chão,
novo domínio conquistado,
onde busque nossa paixão
libertar-se por todo lado...

Onde a alma possa descrever
suas mais divinas parábolas
sem fugir à forma do ser,
por sobre o mistério das fábulas...

O GATO SOLTEIRO

No apartamento da rua Aguero,
ao nível coriáceo de um sapato,
espreita, imperial, sem desespero,
    o gato.

Entre Cruz do Sul, a rota, e Sião
é longa. Está só, mês após mês,
condenado a, de si mesmo, irmão
    siamês.

Buenos Aires

NOVO APÓLOGO

A mão disse para a luva:
— Que seria de ti, sem a forma
nervosa, exata, de meus dedos?

E a luva lhe responde
numa sugestão de flores pensas, de asas em sono:
— Tua essência, mão, está no meu invólucro.
Sou eu que te espiritualizo
e te revelo em tua mais secreta beleza.

Mas o filósofo, que tudo ouvira
a um canto do jardim onde duas mãos de mármore
deixam correr a água antiga até sempre,
pensou consigo que nem o arminho nem a carne
              [concentram a beleza definitiva
e fluida.

ARIETA DE SOLTEIRÃO EM JUNHO

Vento frio, noite quente,
círculo de luz e de lã.
Agora vou, sutilmente,
fazer da noite, manhã.

Manhã de inverno. Mas, terno,
o sentimento insinua-se.
Ao calor de um bem eterno,
dão broto as árvores nuas.

Recordo e fumo. Ai, cachimbo
que não me deram nem tenho!
Jamais dormi em Coquimbo
e a lenha é todo o meu lenho.

E o lanho no rosto lembra
um tortuoso tempo escoado.
Em *luchas de macho y hembra,*
dissolveu-se-me o passado.

Agora, porém, figuras
saltam da chama, e à parede
vão debuxando criaturas
de estranhos lábios sem sede.

Meu caro inverno, agradeço
quanto me dás e me tiras.
A vida de ontem, sem preço,
azula como as safiras.

O que há de triste e de falho
em meu rosto de outras eras
se decompõe no agasalho
do quarto. E voltam quimeras.

Tão rico estou de mim mesmo!
Tão pobre, sim... Mas, fortuna
talvez seja errar a esmo,
à proteção da boiuna.

Talvez seja sentir frio
e se aquecer ao calor
de um velho, vago, erradio
impulso de absurdo amor.

E meus gestos, meus retratos,
meu suéter e minha pena,
são tudo jogos abstratos
na superfície serena...

OBRIGADO

Aos que me dão lugar no bonde
e que conheço não sei donde,

aos que me dizem terno adeus,
sem que lhes saiba os nomes seus,

aos que me chamam deputado,
quando nem mesmo sou jurado,

aos que, de bons, se babam: mestre!
inda se escrevo o que não preste,

aos que me julgam primo-irmão
do rei da fava ou do Hindustão,

aos que me pensam milionário
se pego aumento de salário,

– e aos que me negam cumprimento
sem o mais mínimo argumento,

aos que não sabem que eu existo,
até mesmo quando os assisto,

aos que me trancam sua cara
de carinho alérgico e avara,

aos que me tacham de ultrabeócia
a pretensão de vir da Escócia,

aos que vomitam (*sic*) meus poemas,
nos mais simples vendo problemas,

aos que, sabendo-me mais pobre,
me negariam pano ou cobre,

– eu agradeço humildemente
gesto assim vário e divergente,

graças ao qual, em dois minutos,
tal como o fumo dos charutos,

já subo aos céus, já volvo ao chão,
pois tudo e nada nada são.

INVOCAÇÃO COM TERNURA

Poeta humílimo, em ritmo pobre,
todavia me sinto rico
se em Granada diviso a nobre
lembrança de ti, Federico.

Toda essa árabe, agreste pena
de gitana melancolia,
como, à brisa, se faz serena,
vindo-te nos versos, García!

De um vinho andaluz corre a flama
por sobre a taça que se emborca.
Se mil mortes sofre quem ama,
é de amor que inda vives, Lorca.

E já baixam teus assassinos
a uma terra qualquer e vã,
enquanto, entre palmas e sinos,
tu inauguras a manhã.

NOTURNO MINEIRO

Cabe pois num vagão
toda a nossa viagem.
Mas é cinza e carvão
amor, e sua imagem.

Eis que range nos trilhos
uma forma de adeus.
Os cuidados são filhos
da tristeza de um deus.

Entre as rosas do carro
ouço a terra que chama.
A nós, seres de barro,
mais fina é sua gama.

Ó trem, fuga no espaço,
chama, canto, galera!
Os mil poderes do aço,
para mim os quisera.

Monstro azul e cativo,
nossa pressa nostálgica
faz de ti um ser vivo,
errante flauta mágica...

CANÇÃO IMOBILIÁRIA

Meu edifício Itabira,
que eu vejo à Avenida Copa-
cabana, e a saudade mira
de uma colina lontana;

nem és meu nem és daquela
vaga cidade no mapa-
-múndi, onde a pinta amarela
na cor do tempo se funde.

Também não és de teus donos
quaisquer, que por entre calmos
sonos de posse te fruem
tal o morto aos sete palmos.

Meu edifício Itabira,
todo em abstrato concreto,
vais cumprindo teu ofício
com seres o meu retrato.

Sou, em verdade, teu neto,
pelo tamanho. Oi, que estranho
avô me sais, desafeto
de uma chinesa crueldade.

Relembras o mundo morto,
vives em negro minério,
horto de mágoas, ourives
do ferro em que me desmembras.

Ai, Itabira, refrão
do não, que na alma se estira.
Ouço, edifício, em teu vão
de sombra esquiva, o trovão

que em mim são passos na escada
do terraço, rumo ao nada.

MAIO NO LEBLON

Entre os desmaios de maio,
azula o céu carioca
e o sol recolhe seu raio.

Macio maio! Bem-vindo
aos que, de pupila doente,
refugiavam-se, no poente,
dos revérberos da praia.

Um frio azul se derrama
e colhe de rama em rama
toda cantiga de pássaro.
É doce, ficar na cama.

O níquel das bicicletas
– ante a franja turmalina –
se desenrola nas retas
sem fustigar as retinas.

Luz de seda! Nos vestidos
anda um prenúncio de lãs
e de agasalhos transidos.
Inverno, prepara as cãs.

Ah! deixar-me ficar na areia
de onde emigram, neste maio,
as gentes de formas feias,
e descobrir nela o côncavo
dos pés de Lúcia Sampaio.

Mês de colóquio e surpresa,
em que, sereno, o olhar gaio
se infiltra na natureza
e se perde, achando-se... Amai-o.

ROTEIRO DA CASA MATIAS

Ai! que passos deu o poeta
neste Rio de águas turvas?
Manteve-se em linha reta
ou derrapou pelas curvas?

Foram passos acertados,
no rumo do bem? Ou da arte?
Ou, por mal de seus pecados,
levaram-no a alguma parte?

O poeta foi para casa,
às cinco, após o expediente?
Ou ficou arrastando asa,
inconsideradamente?

Suas gâmbias já reumáticas
de tanto correr o mundo
conservaram-se fleumáticas?
caíram no poço fundo?

Andou? Desandou? Sentou-se?
Que fez o grande pateta?
Pergunta, com o ar mais doce,
a suave amiga discreta.

E o poeta responde: Lígia,
se andei ou estive parado,
se naveguei pela Frígia
ou tão só pelo passado,

não sei: que meus pobres passos,
há muito venho sentindo,
de tão inúteis e lassos,
menos vão quando vão indo.

E, não me levando à rosa
de um impossível jardim
(flor a mais deliciosa
mas que não é para mim),

meus passos sem diretriz,
ao termo desses cansaços,
conduzem-me... à Ilha Feliz?
Pois sim! à Avenida Passos.

SONETO DA BUQUINAGEM

Buquinemos, amiga, neste sebo.
A vela, ao se apagar, é sebo apenas,
e quero a meia-luz. Amo as serenas
angras do mar dos livros, onde bebo

– álcool mais absoluto – alheias penas
consoladas na estrofe, e calmo, e gebo,
tiro da baixa estante sete avenas
em sete obras que pago e que recebo.

Amiga, buquinemos, pois é morta
Inês de antigos sonhos, e conforta
no tempo de papel tramar de novo

nosso papel, velino, e nosso povo
é Lucrécio e Villon, velhos autores,
aos novos poetas muito superiores.

O fac-símile do poema pode ser lido na p. 273.

CIDADE SEM RIO

O Rio Amazonas é o maior do mundo,
mas o Rio do Tanque é o menor.
(Deslizava na fazenda de meu irmão.)
O Rio Doce banha terras amargas
de maleita, ferro e melancolia.
O córrego da Penha, esse, coitado,
mal fazia um poço raso
onde a gente, fugindo, se banhava.
Talvez porque me faltasse água corrente,
hoje a tenho represada nos olhos
e neste vago verso fluvial.

DIVINA PASTORA

Esse ressaibo de pureza
que cada um guardou no lodo;
o sentimento do universo
contido em simples escultura;
a comunicação com os santos,
o inefável;
a meninice restituída, o caminho de rosas;
as imagens indeléveis;
o altar, o êxtase, o profundo:
assim te vejo, Senhora dos Humilhados,
Senhora dos Tortos
e dos Marinheiros e dos Passos Incertos
e de todas as invocações
que não sobem das litanias, mas o coração as murmura.

Ó na sombra consoladora de todo o sal dos olhos,
triunfante Madona dos pintores do Renascimento,
entre azuis e asas de ascensão,
sublimis inter sidera,
stella maris,
dominatrix coelitum,
Nossa Senhora das igrejas do Recôncavo,
do pincel do Ataíde e das estampas de primeira comunhão;
ornato do apartamento dúplex,
candeia do pobre,
intercessora do humano gênero abatido,
faze-nos de novo crianças e leva-nos a brincar
nos jardins do céu com teu filhinho de ouro.

LUAR EM QUALQUER CIDADE

O luar deixava as coisas mais brancas.
As estrelas desapareciam.
As casas, as moitas: impregnadas
não de sereno, de luar.
Caminhávamos interminavelmente, sem ofego,
sem pressa.
Caminhávamos através da lua.
E éramos dois seres habituais e dois fantasmas
ao mesmo tempo.
Lá longe era o mundo
àquela hora coberto de sol.
Mas haveria sol?
Boiávamos em luar. O céu,
uma difusa claridade. A terra,
menos que o reflexo dessa claridade.
Tão claros! Tão calmos!
Estávamos mortos e não sabíamos,
sepultados, andando, nas criptas do luar.

DESPERDÍCIO

Solidão, não te mereço,
pois que te consumo em vão.
Sabendo-te embora o preço,
calco teu ouro no chão.

À MANEIRA DE GEIR CAMPOS

Pastam no campo os bois meditativos.
Por que meditativos? Porque é uso
assim denominá-los. Vão pastando
sem carecer de ideias e adjetivos.
E assim como na roca e no seu fuso
uma tapeçaria, se tramando,
vai criando uma ordem outra de valores
que não a lã consumida no trabalho,
a erva que eles ruminam entre flores
é sangue e ossos, não capim e orvalho.

O POETA VAI AO JÓQUEI

O que me agrada, o que pleiteio,
não é das duplas o rateio,
nem *placés* nem *poules* miríficas,
mas tão somente, nas magníficas
tardes de ouro outonal da Gávea,
ter a meu lado, calma e suave, a
que nos loucos páreos do amor
me faz vencido e vencedor.

OS ROMANCES IMPOSSÍVEIS

No jardim da velha praça,
o grupo, disposto em leque,
lembrava, na sua graça,
as moçoilas de Balbeque.

Raptar alguma seria
meu anelo mais veemente,
não fosse, na tarde fria,
a voz do siso, presente.

A reza, o cinema... A noite
já se alcatifa de luzes,
aqui, ali, sob o açoite
do vento; porém as cruzes,

no topo do cemitério,
que antiga fazem a rua,
onde, talvez, o adultério
cautamente se insinua...

Um halo, um vulto, um arcano
bate à soleira das casas,
leve. Que desejo humano
circula, vibrando as asas?

Não há resposta. O silêncio
baixa, quadrado, completo.
E o tédio, que chega, vence o
anseio de amor discreto.

Assim se passam os dias,
os anos, a eternidade.
E as moças virando tias
nessa pequena cidade.

CASO PLUVIOSO

A chuva me irritava. Até que um dia
apurei que maria é que chovia.

A chuva era maria. E cada pingo
de maria estragava o meu domingo.

E meus ossos molhando, me deixava
como terra que a chuva lavra e lava.

Eu era todo barro, sem verdura...
maria, chuvosíssima criatura!

Ela chovia em mim, em cada gesto,
pensamento, desejo, sono, e o resto.

Era chuva fininha e chuva grossa,
matinal e noturna, ativa... Nossa!

Não me chovas, maria, mais que o justo
chuvisco de um momento, apenas susto.

Não me inundes de teu líquido plasma,
não sejas tão aquático fantasma!

Eu lhe dizia – em vão – pois que maria,
quanto mais eu rogava, mais chovia.

E chuveirando atroz em meu caminho,
o deixava ensopado em triste vinho,

que não aquece, pois água de chuva
mosto é de cinza, e não de boa uva.

Chuvadeira maria, chuvadonha,
chuvinhenta, chuvil, pluvimedonha!

Eu lhe gritava: Para! e ela, chovendo,
poças d'água gelada ia tecendo.

Choveu tanto maria em minha casa
que a correnteza forte criou asa

e um rio se formou, ou mar, não sei,
sei apenas que nele me afundei.

E quanto mais as ondas me levavam,
as fontes de maria mais chuvavam,

de sorte que com pouco, e sem recurso,
as coisas se lançaram no seu curso,

e era o mundo molhado e sovertido
sob aquele sinistro e atro chuvido.

Os seres mais estranhos se juntando
na mesma aquosa pasta iam clamando

contra essa chuva, estúpida e mortal
catarata (jamais houve outra igual).

Anti-*petendam* cânticos se ouviram.
Que nada! As cordas d'água mais deliram,

e maria, torneira desatada,
mais se dilata em sua chuvarada.

Os navios soçobram. Continentes
já submergem com todos os viventes,

e maria chovendo! Eis que a essa altura,
delida e fluida a humana enfibratura,

e a terra não sofrendo tal chuvência,
comoveu-se a Divina Providência,

e Deus, piedoso e enérgico, bradou:
Não chove mais, maria! – e ela parou.

ASSOMBRAÇÃO

Era um velho fantasma.
Claudicava da perna
e padecia de asma.

Baixando de seus mundos
intersidéreos, vagos,
à procura de afagos,

encontra a noite quente,
noite aberta, carioca,
e uma porção de gente

amando-se nos bancos,
nas praias, nos barrancos
e sob as amendoeiras.

Tossia o malfadado,
acendia um foguinho,
mas nem era manjado.

Soluça que soluça,
e carpe de mansinho,
cavalga a mula ruça

e a mula sem cabeça,
e pede, implora, ameaça
em vão, na enorme praça.

Há tanto amor no Rio,
do Flamengo à Tijuca...
E o pobre, na sinuca.

Todos se beijam, todos
se veem tão colados
que estão de ambos os lados.

Onde um fantasma não
tem folga de sentar,
quem pode mais amar?

Quem sabe do avejão
vindo de longe averno
para esta sombra terna?

O fantasma sem chance
não dizia baibai,
peidemonanfance,

nem outras falas doces,
não tinha cadilaque,
o menor badulaque,

desses de encher o olho.
Era um frágil fantasma,
o seu tanto zarolho.

E rodou na cidade
a noite inteira, e a alva
eis que lhe doura a calva

a um canto de jardim.
Aqui ninguém se salva.
Orai por ele. Fim.

AMOR EM VIAGEM

Trem arquejante, cansado,
a subir a Mantiqueira,
também eu chego atrasado,
não encontro quem me queira.

Do Rio Grande ao Pará,
de Mato Grosso a Sergipe,
coitado de quem está
procurando amor num jipe.

Numa jangada de vela,
eu beijei e fui beijado,
mas no vento foi-se aquela
que navegava a meu lado.

Piloto que dás teu giro
montado em peixe de prata,
carrega este meu suspiro,
e leva a quem me maltrata.

TEMPO E OLFATO

Que me quer este perfume?
Nem sequer lhe sei o nome.

Sei que me invade a narina
como incenso de novena.

Que me passeia no corpo
como os dedos tangem harpa.

E me devolve ao pretérito
e a um ser de lava, quimérico,

ser que todo se esvaía
pela porta dos sentidos,

e do mundo, em que saltava,
qual dum espelho lascivo,

retirava a própria imagem
na pura graça da origem...

Cheiro de boca? de casa?
de maresia? de rosa?

Todo o universo: hipocampo
no mar celeste do Tempo.

COLÔNIA

Vem ver as antiqualhas
desse país das minas.
As nuvens são mortalhas
pousando entre boninas.

Pedras de sangue e choro
maculam a vertente.
Em que invisível foro
rege um juiz ausente?

Chove medo nas ruas.

MEIGO TOM

BALANÇO

Meu querido Capanema,
se tantos anos servi
sob tua ordem, algema
não era: não foi a ti

o serviço (se o prestava),
mas a mim, pois logo vi
que tanto mais te admirava
quanto mais te conheci.

COMPANHIA

Como o herói lendário, Rodrigo
à bravura junta a lealdade,
mas, com ser brando e ser amigo,
sua força vem da amizade.

Sabê-lo quero, pois, comigo,
seja no campo ou na cidade,
no instante de brinco ou perigo,
a esse puro e exemplar Andrade.

SIGNOS

Ontem, hoje, amanhã: a vida inteira,
teu nome é para nós, Manuel, bandeira.

§

O mais puro cristal,
na luz, fez-se laurel
e cinge – prêmio ideal –
tua fronte, Manuel.

A AMÉRICO FACÓ

Poesia, não perdida, achada,
lume geral, mas quinta-essente,
rosa (teu livro) na orvalhada,
já no futuro está presente.

ABGAR RENAULT

A mais alta poesia
em mim vejo baixar
e, nobre, se anuncia
a um nome caro: Abgar.

JORGE DE LIMA

Arquitetura de cristal e rosa
– ao metro antigo dando-lhe o respiro
de semente ou de corça melodiosa –
é teu soneto, Jorge, meu retiro.

ENEIDA

Enquanto uma cigarra zine
no ouro da tarde que desmaia,
fitas o rosto de Lenine
com o longo olhar da Krupskaia...

MURILO MENDES

Altíssimo poeta puro,
és tu, meu Murilo Mendes,
que estrelas, no céu escuro,
alçando os braços, acendes.

& MARIA DA SAUDADE

Esparsa (alto mistério), eis que a poesia
reconquista, na luz, sua unidade.
Ela mora, perfeita alegoria,
em Murilo e Maria da Saudade.

PAULO RÓNAI

Veio da Hungria para a Rua do Ouvidor,
mas, ao ver entre nós a trêfega matilha
dos literatos, preferiu ficar na Ilha
                do Governador.

A LYGIA FAGUNDES TELLES

Após a leitura
de tua novela
(ó Literatura!)
quem se esquece dela?

Miro-me no espelho.
Vejo, com assombro,
um cacto vermelho
romper do meu ombro.

ELZA QUEIROGA

Olhos de Elza não cantes, pobre poeta,
se não tens o lirismo de Aragon.
Deixa Elza em paz, e tua musa quieta.
Elza é uma flor, e tu... Carlos Drummond.

SANTA ROSA

Não é santo nem é rosa,
mas é a linha radiosa
que ilumina o suplemento
quando não some no vento.

ATESTADO

"Poesia, divino tesouro..."
Invoco-te por testemunha:
se doutros poetas não desdouro,
poeta, e de ouro, é Sylvio da Cunha.

SAGARANA

Que mão sutil, quase divina,
de artista chim, em porcelana
da era dos Mings – a fabulosa –
fora capaz dessa tão fina
maravilha de *Sagarana*?
Só mesmo tu, Guimarães Rosa.

FONTE INVISÍVEL

Fui à fonte de Schmidt
beber água, lá fiquei.
Quedava bem no limite
do reino de onde-não-sei.

Na sua linfa sensível,
água da mais pura lei,
brilhava o raio invisível
do amor. Como esquecerei?

A JOSÉ OLYMPIO

Que coisa é o livro? Que contém na sua
frágil arquitetura transparente?
São palavras, apenas, ou é a nua
exposição de uma alma confidente?
De que lenho brotou? Que nobre instinto
da prensa fez surgir essa obra de arte
que vive junto a nós, sente o que eu sinto
e vai clareando o mundo em toda parte?
Meu caro José Olympio, sê louvado
pelos livros que o tempo vai guardando,
nascidos de teu sonho no passado,
pois cada livro ao tempo irá lembrando
      o que a vida de um homem pode ser
      quando ele sabe amar e compreender.

O fac-símile do poema, sob o título "Soneto inglês",
pode ser lido na p. 275.

PORTINARI

De um baú de folha de flandres no caminho da roça
um baú que os pintores desprezaram
mas que anjos vêm cobrir de flores namoradeiras
salta João Cândido trajado de arco-íris
saltam garimpeiros, mártires da liberdade, São João da Cruz
salta o galo escarlate bicando o pranto de Jeremias
saltam cavalos-marinhos em fila azul e ritmada
saltam orquídeas humanas, seringais, poetas de e sem
                            [óculos, transfigurados
saltam caprichos do Nordeste – nosso tempo
(nele estamos crucificados e nossos olhos dão testemunho)
salta uma angústia purificada na alegria do volume justo e
                            [da cor autêntica
salta o mundo de Portinari que fica lá no fundo
maginando novas surpresas.

A GILBERTO FREYRE

Velhos retratos; receitas
de carurus e guisados;
as tortas Ruas Direitas;
os esplendores passados;

a linha negra do leite
coagulando-se em doçura;
as rezas à luz do azeite;
o sexo na cama escura;

a casa-grande; a senzala;
inda os remorsos mais vivos,
tudo ressurge e me fala,
grande Gilberto, em teus livros.

A GUIGNARD

Caro pintor Guignard, que estás enfermo:
daqui desta cidade, onde perdura
o eco fantasista de teus passos
pelos caminhos claros da pintura;

do Rio, onde teus quadros mais festivos,
evadindo-se às lindes da matéria,
à prisão dos museus, ao pobre tempo,
voam livres no céu, em luz etérea;

onde Stendhal, turista mais sensível,
correria os cafés, sem que jamais
sua procura atenta e minuciosa
neles recuperasse teus murais,

pois o São Sebastião, as caravelas,
em Barata Ribeiro, e os verdes ramos
ofertados aos pobres já sumiram,
só florescendo em nós, que os recordamos;

e da grande madona que confiaste
a um sorveteiro humilde nada resta,
em porta material se convertendo
o que é porta do céu para a alma em festa;

daqui, porém, onde outros testemunhos
falam de ti às gentes distraídas,
como, no hotel, essa parede súbita
que multiplica, ao sol, as nossas vidas,

cantando em passarinhos e folhagens,
em cores mais sutis que a própria cor,
de vez, Guignard, que pintas o teu sonho,
e na raiz do sonho vela o amor;

daqui, onde retratos de meninas
continuam meninas, murmurando
um segredo infantil de seiva e bruma,
desvendado por ti, anjo pintando;

deste Rio amoroso e cristalino,
onde algum raro banco de azulejo
e casas de ilusão abrem cenários
para as moças que pintas, e que eu vejo,

sem registro civil, incorporadas
ao puro mito poético da Jovem,
que a todo mal resiste, e resplandece
quando, em torno de nós, os males chovem;

daqui te mando, amigo, esta mensagem
à casa de saúde onde repousas
do teu muito ~~pensar~~ [Cismar] em nuvens e anjos,
que, entre todos os bens, são tuas cousas.

Aníbal e Rodrigo – dois apenas
citarei, mas são muitos, e o flamante
fuzileiro naval e sua noiva
comigo fraternizam neste instante.

Amigos e modelos, em conjunto
afetuoso, por sobre a Mantiqueira,
fazem-te esta visita sem palavras,
fruto de simpatia verdadeira.

Volta, Guignard, de corpo restaurado,
ao mundo material, de onde extraías
o delicado mundo guignardiano,
entre balões, nas altas serranias.

Emenda feita de próprio punho por Drummond
à segunda edição do livro.

NA TOALHA DE MESA
de Regina Campos

Neste cantinho de mesa,
o garfo diz à colher:
A vida, como o talher,
deve brilhar de limpeza.
↑
§

Repara na minha alvura
ao te sentares à mesa.
Fora contra a natureza
macular a face pura.

§

Senta-te nesta cadeira
e aceita nosso jantar.
Tranquilo: em casa mineira
nunca faltou um lugar.

Emenda feita de próprio punho por Drummond
à segunda edição do livro.

LUÍS MARTINS

Villon, Verlaine e Luís
encontraram-se na Lapa.
A vida ~ essa meretriz ~
tanto beija como escapa.
Villon, Verlaine e Luís

trautearam suas canções
com riso, lágrima, uísque,
e entre tantas emoções
deixaram na noite escura
~ Villon, Verlaine e Luís ~
a luz mais terna, mais pura.

A SYLVIA CHALRÉO

As pequeninas casas multicores
e a gente humilde, que pintaste a esmo,
serão signos de amor, por entre flores,
quando o homem se liberte de si mesmo.

§

Ruas, cidades de Sylvia:
sob a pura claridade,
em todas as casas vive a
graça da fraternidade.

Graça em que, de coração,
ela quer que eu participe,
pois me sabe seu irmão
em Charles-Louis Philippe.

§

O povo bom e simples, suas cores
vistosas, pelo campo... Tão Brasil!
Ó pintura de Sylvia, onde tu fores
levas algo de nós, puro e gentil.

A CIPRIANO S. VITUREIRA
em seu aniversário

Minha viola de bolso brasileira,
enquanto o outono vem e a folha cai
(dentro de mim), saúda Vitureira,
    lá do Uruguai.

Poeta sutil, humano e forte, entanto
artista que sua própria arte abstrai
para sentir melhor o alheio canto,
    lá no Uruguai.

De Portinari o diáfano captura,
e o de Bandeira ~ casto sorriso? ai?
Clara compreensão, amiga e pura,
    lá no Uruguai.

Canta, viola, o ar unânime e Susana
e o mar oceano e as pausas: tudo vai
e vem, rosa florindo na ventana,
    lá do Uruguai.

A ALBERTO DE SERPA
que não recebera Claro enigma

Meu querido poeta,
o livro era bem pouco:
na garganta secreta,
algo de triste e rouco.

Perdeu-se, acaso, um dia,
por entre Rio e Porto,
como se perderia
uma agulha, num horto.

Algo, porém, perdura,
que com fervor te digo
sob a noite madura:
a lembrança do amigo.

Essa altiva lembrança,
o lume claro e certo,
anúncio de esperança:
teu nobre canto, Alberto.

A VAN JAFA
que me propôs comprarmos uma ilha

Não, não compremos a ilha,
Van Jafa: ter é perder.
No fim, restou-me a impressão
que a melhor ilha ainda é filha
do que, na essência do ser,
é terra e é água: escumilha
de pura imaginação.

A GOFREDO NETO
recém-nascido

Para Gofredo Neto,
neto e filho de gente
digna de todo afeto,
que é que deseja *in petto*
este avô de brinquedo,
discreto porém ledo?
Recolha suavemente
o talento, a beleza,
o vasto coração,
joias da natureza
esparzidas no berço,
e as contas desse terço
formem perenemente
um sublime clarão
ou cristalina palma
ou celeste canção
no centro de sua alma.

BOAS-FESTAS

A ANTÔNIO BANDEIRA

Caro pintor Bandeira,
que tua mão certeira

encontre a cada dia
essa fina alegria

de reinventar o mundo,
tornando-o mais profundo,

mais claro e vaporoso.
Há, no espaço gracioso

em que teu sonho move
e liberta e comove

a essência dos objetos,
não sei que ultrassecretos

enigmas e doçuras.
Bandeira, são as puras

raízes de tua arte.
Com ela, em toda parte

Emenda feita de próprio punho por Drummond
à segunda edição do livro.

descobrirás aquilo
que teu olhar tranquilo

vai sempre transformando
(amar se aprende amando).

Modelador de brumas,
formas raras, espumas,

unindo a fantasia
[a uma abstrata beleza.] *à visão que quebra,*

~ seja-te o ano propício,
e a esse teu nobre ofício.

Emenda feita de próprio punho por Drummond
à segunda edição do livro.

A ANTÔNIO CAMILO DE OLIVEIRA

Vai, carteiro, sobre as serras,
rumo da velha Itabira,
terra saudosa entre as terras,
e em certo sobrado mira

aquele em quem tanta viagem
pelas partidas do mundo
não ressecou a miragem
e o sentimento profundo

que acompanha o itabirano
e o faz lembrar com carinho,
na Pérsia ou no Vaticano,
Tico, João Rosa, Todinho...

Conta-lhe que outro exilado
inveja essa romaria
que ora faz pelo passado
na claridade do dia.

Augura-lhe ao lar perfeitos
momentos, no ano feliz,
e apresenta meus respeitos
à senhora Embaixatriz.

A SYLVIA CHALRÉO

Da cor mesma do céu
seja este ano pintado
para Sylvia Chalréo:
azul de lado a lado.

A DÁLIA ANTONINA

Que o ano novo, abrindo a cortina,
dê sempre a nuança mais pura
e a mais leve, humana ternura
ao pincel de Dália Antonina.

A CARLOS RIBEIRO

Que desejo ao grande livreiro
meu amigo Carlos Ribeiro?

Que entre livros e amigos viva
uma existência sempre ativa;

e sua vida seja como
um delicado e nobre tomo

(quem ama assim o seu ofício
insculpe o melhor frontispício);

e não haja o menor desgosto
manchando a página de rosto;

e que tenha como prefácio
um verso de Pope ou de Horácio;

que no fim de cada capítulo
sorria sempre um novo título

(não protestado!) de esperança
em tudo que o trabalho alcança;

da primeira à segunda parte,
tudo obedeça às regras da arte;

e que esse livro continue
como a obra completa de Ruy,

por muitos e ditosos anos,
queira assim Deus em seus arcanos.

Que portanto o grande livreiro
meu amigo Carlos Ribeiro

na São José viva tranquilo,
entre uma "princeps" de Camilo

e tratados de Auguste Comte,
enquanto fulge no horizonte

aquela estrela benfazeja
dos buquinistas. Assim seja.

A YOLANDA GUEDES

Ao ano velho e caduco,
que se despede cansado,
daqui de Joaquim Nabuco
venho dizer: Obrigado!

Pelo que deste e não deste
(nem tudo se logra obter),
pela franja azul-celeste
que ainda se pode ver;

pela brisa de Ipanema
com cheiro de sal e viagens;
por esse ou aquele poema
e sua ronda de imagens;

pelo pouco de água clara
que o Prefeito nos mandou,
e pela delícia rara
com que a rua o festejou;

pelo riso das meninas
a passear de bicicleta;
pelas doces, pelas finas
emoções da tarde quieta;

Emendas feitas de próprio punho por
Drummond à segunda edição do livro.

pela santa luminosa
que em carro de ouro sorria
e, qual fantástica rosa,
transformava a noite em dia;

pela visita do neto,
que veio e que voltará;
pela corrente de afeto
que a vida sempre nos dá;

por tudo que o acaso trouxe,
ou melhor, o coração,
de ~~puro~~ leve, tranquilo e doce,
e que não cabe na mão;

pela mensagem de Yolanda,
Marlene, Wanda e seus dois
irmãos – da minha varanda
aqui te agradeço, pois

a graça do sentimento
ilumina este momento.

Emenda feita de próprio punho por Drummond
à segunda edição do livro.

A NIOMAR MONIZ SODRÉ
&
PAULO BITTENCOURT

Na fase azul de Picasso
vou colorir este abraço
que reúne os bons amigos;
aos boizinhos de Chagall,
ruminantes do Natal,
de lanternas e de figos,
e às volutas de Max Bill,
pedirei venturas mil
e que tudo corra bem
e que a sorte seja terna
ao Museu de Arte Moderna
em cinquenta e três. Amém.

A CHARLES EDWARD EATON

Imagens sempre graciosas, alados
pensamentos (perfume e flor do dia),
ofereça o destino, em seus selados
arcanos, ao Poeta e à sua Poesia.

A PAULO T. BARRETO

Vida: sê toda ritmo, sob divina
proporção – rogo-te num mau quarteto.
Aquele a quem o amor da arte ilumina,
protege-o sempre: ao bom Paulo Barreto.

A RAFAEL SANTOS TORROELLA

Uma noite que súbito,
deserta, se ilumina:
o clarão atravessa
a substância do dia.
Nascemos todos velhos,
e nova é sempre a vida.
Mas algo em nós reabre
as pétalas; e a fria
matéria do ano morto
estremece à carícia
ardilosa do tempo.
Na graça matutina
deste momento, escuto,
generosa e emotiva,
caro poeta de Espanha,
tua palavra amiga.

A VALDEMAR CAVALCANTI

J. Carlos, sessenta
e seis. Certeiro, avante.
Festivo, cumprimenta,
da Gávea no aconchego,
Valdemar Cavalcanti.
(Inda que um só momento,
dai-lhe folga e sossego,
poetas de suplemento!)

A PAULO RÓNAI

A Paulo Rónai, desta vez,
traga o destino bem-disposto
(para sentar-se mais a gosto)
uma cadeira de Francês.

Assim desejam, com afeto,
certo garoto na Argentina
e certo velhote em Joaquim Na-
buco – o avô meloso e seu neto.

Emenda feita de próprio punho por Drummond
à segunda edição do livro.

A EMANUEL DE MORAIS

Peço a um anjo fiel
derrame por igual
a doçura do mel
e a nobreza do sal
sobre o poeta Emanuel
em sua catedral
de barro ou de cristal
e em seu fino vergel
requintado e verbal.

DEDICATÓRIAS DE *CLARO ENIGMA*

A LÚCIA MIGUEL PEREIRA
&
OCTÁVIO TARQUÍNIO DE SOUSA

Vai, meu livro, de mansinho,
no rumo de Laranjeiras;
chegando a Gago Coutinho,
entre as árvores faceiras,
procura nos altos planos
a morada amiga e clara
de dois ilustres romanos
– Lúcia e Octávio – gente rara,
gente do gosto mais fino
e do melhor coração.
Não queiras outro destino,
nem busques outra mansão.

A EMÍLIO MOURA

Caro compadre Emílio,
se não lhe der trabalho,
guarde em seu domicílio
este livrinho falho.

De seu lugar na estante
(longe, a vida confusa),
como estará radiante
vendo, no espelho, a musa!

A JOSÉ LINS DO REGO

Ó capitão Vitorino,
com pinta de herói manchego:
leva este troço mofino
ao caro Zé Lins do Rego.

A LUÍS SANTA CRUZ

Há na poesia uma luz
noturna. Se a minha é feia,
mago Luís Santa Cruz,
converte-a numa candeia.

A MILTON CAMPOS

Entre os amigos, excele o
que guardou, sob a ironia,
o melhor de Marco Aurélio:
Milton. Saúda-o, poesia.

A CYRO DOS ANJOS

O poeta, com seu claro enigma,
que nada tem de enigma – é claro –,
saúda em Cyro um paradigma
de escritor diserto e preclaro.

A JOÃO CONDÉ

João, terrível arquivista
e torcedor sem estigma:
Tens faro de charadista?
Decifra este claro enigma.

A BRITO BROCA

Meu prezado Brito Broca,
se lá fora o tempo é agreste,
queira entrar nesta maloca,
em companhia de Alceste.

A LUÍS JARDIM

Vai, livrinho, corre, pula
ao quarto andar da U.D.N.
e dá testemunho a Lula
do meu afeto perene.

A TRÊS GAROTOS

Enigma claro, pois sem segredo,
grilo poético, que faz cricri,
este livrinho quer ser brinquedo
de Bruno, Brígida e Ciriri.

A ZULEIKA DE CASTRO

Querida amiga Zu ~ meu claro enigma
é algo obscuro, como aliás convém:
das pedras do caminho paradigma,
meu coração te quer um grande bem.

GASTÃO CRULS

21, Amado Nervo. Eis que a poesia,
de Gastão Cruls na límpida vivenda,
flor oculta e evidente à luz do dia,
entre raras orquídeas faz *sua* tenda.

Emenda feita de próprio punho por Drummond
à segunda edição do livro.

A AYLA MARTINS

É magro o poeta. E o livro, também magro.
Meu claro enigma, no ar, sobre os jardins
do Ministério (é outono) eu te consagro
eterno escravo e fã de Ayla Martins.

DEDICATÓRIAS DE
FAZENDEIRO DO AR

A VERINHA PEREIRA

*que aconselhou o autor
a não mudar o título do livro*

Quem tem lavoura de vento
de nuvens faz seu rebanho,
e trigo de sentimento
mói em seu moinho estranho,

– pergunto à amiga Verinha:
Como se deve chamar?
E me responde a madrinha:
Fazendeiro (é claro) do ar.

Assim ficou batizado
o seu mais velho afilhado.

Emenda feita de próprio punho por Drummond
à segunda edição do livro.

A LYA CAVALCANTI

Lya, repare: uma varanda ao vento,
à sua espera, nesta roça do ar.
Você conhece bem meu sentimento...
Sente-se, amiga, vamos descansar.

A SI MESMO

Os fazendeiros do ar... eles semeiam
roças de pura ausência, e o estranho gado
que pela noite adentro ainda campeiam
é um lembrar do futuro, já passado.

PARA AGRADECER

UM LIVRO

a Américo Facó

Facó, dileto: obrigado
pelo raro Mallarmé.
O poeta me é dedicado
por um poeta – já se vê.

Traz a lembrança de amigo
presença e voz tão fagueiras
que já me sinto contigo
na casa de Laranjeiras.

UM MARCADOR DE LIVROS
*(com a estampa da casa
de Mozart), a Lúcia Branco*

Mozart: da casa onde nasceste
vem até mim uma lembrança.
Igual à flauta mágica é este
mercador que Lúcia me envia.
E, como um raio de esperança
dissipando a melancolia,
já tua música celeste,
ó Mozart, fonte cristalina!,
de um cristal puro eis que me veste
e o mundo inteiro se ilumina.

UM RETRATO

(de Geneviève Mallarmé),
a Sylvio da Cunha

Um arlequim de oposto sexo
neste postal reflete ~ vê ~,
sob as aparências sem nexo,
maint songe épars de Mallarmé.

UM CINZEIRO
a Lygia Fagundes Telles

A cinza no cinzeiro, e a chama n'alma,
Lygia, é o que te desejo: vida calma
e intensa, no seu ritmo criador,
e, entre todas perene, aquela palma
que envolve de um austero resplendor
a quem põe na sua arte o seu amor.

ALICE IN WONDERLAND
a Di Cavalcanti

Lewis Carroll ainda faz das suas.
Já não fotografa menininhas nuas.

Mas, com Eneida e Di Cavalcanti,
bebe uísque e toca pra diante.

Dedica livros na Jaraguá,
toma o avião e ei-lo aqui está,

louco manso, poeta, meu amigo,
muito obrigado, Di, veio contigo.

Emendas feitas de próprio punho por
Drummond à segunda edição do livro.

PRATA DE CASA

a Eugênio Gomes

A prata de casa... Acaso
vale menos do que a estranha?
Argênteo, fundo (não raso),
este prato que tamanha

riqueza contém, que prata
mais apurada! lavor
perfeito, na forma exata...
É artista-ourives, o autor.

PONTEIO MADURO

MARALTO

Que coisa é maralto?
O mar que de assalto
cobre toda a vista?
Galo cuja crista
salta em sobressalto
a quem lhe resista?
O mar – que é maralto?

Acaso torre alta
nuvem tronco espanto
de fluido agapanto,
de flores em malta
doida, a cada canto
do mar que se exalta?
Marulho ou maralto?

Mar seco tão alto,
de um íris cambiante
que em azul-cobalto
se volve num salto
e no peito amante
o duro basalto,
a pena constante

de amar vai roendo,
e a sedenta falta
– voz baixa, mar alto –
em sal convertendo?
Que outra onda mais alta,
maralto metuendo,
que um amor sofrendo?

Maralto, maraltas!
Quanto mais esmaltas
de espuma esse rosto
branco descomposto
mais se espremem altas
uvas de teu mosto,
mais vivo é seu gosto.

Maralto fremente
gêiser sob asfalto
puro jato ardente
pranto que se sente
vagando em contralto
veementemente,
alto mar maralto!

Na lívida escama
no agudo ressalto
de teu cosmorama,
quem sabe, maralto,
o que, de tão alto,
tão alto, anda falto
no amor de quem ama?

ALIMENTO

No banquete das musas, meu talher
foi parco, e minha fome foi estrita.
Era a ração de um pássaro, colher
quase vazia... Entanto, outra, infinita

mesa surgia, branca, e nela tudo
sorrindo se propunha ao paladar.
Ceia de solidão e vento... Mudo,
eu me fartava, fazendeiro do ar.

CONSELHO

*ao cronista Cirano (Sérvulo Coimbra Tavares),
que, falando bem do autor a uma senhorita,
suscitou opiniões contrárias de pessoas inflamadas*

Por que foste, Cirano, àquela moça
explicar o mistério da poesia?
Do bardo itabirano a lira insossa
apanha agora mais do que devia.

Como a luz se reflete numa poça,
a poesia decerto bem podia
– flor de Murano entre a mais rude louça –
luzir a cada olhar e a todo dia.

Se não gostam da minha, que remédio?
Tenho por discutir um vago tédio,
e não importa ser nem merecer.

Importa antes colher o doce fruto
do amor que chega e foge num minuto.
Eia, Cirano! há muito que fazer.

VIOLA DE BOLSO
(NOVA)

Os poemas a seguir são inéditos nas edições anteriores de *Viola de bolso*. Foram deixados por Drummond em uma pasta intitulada "Viola de bolso (nova)". Nas páginas 199 a 265, o título da pasta e os poemas encontram-se reproduzidos de forma fac-similar.

A COMPANHEIRA

A companheira
da vida inteira,
que a meu lado
une o passado
ao novo dia
em harmonia,
a sempre forte
e meu suporte
quando vacilo,
porte tranquilo,
voz de carinho
no meu caminho.
Leal, paciente
constantemente,
simples, discreta
força do poeta,
quero-a no instante
final – constante
com sua mão
acarinhando
em gesto brando
meu coração.

A CONTAGEM DO TEMPO

A Abgar Renault

A contagem de tempo
do poeta
não é a do relógio
nem a da folhinha.
É amadurecer de poemas
a envolvê-lo e tirar-lhe
toda marca de tempo
de folhinha
e relógio
e a situá-lo
no tempo além do tempo,
onde paira o sentido,
a razão última das coisas
imersas em poesia.

A FAMÍLIA LYRA

A família Lyra,
que o poeta admira,
é encantadora.
Faz música fina,
quitanda divina.
Faz arte e reparte
com engenho e arte.
Carlos tange a lyra
e é também astrólogo.
Retifica os signos,
esclarece dúvidas.
Eu, Escorpião?
Sempre sofri muito
por estar jungido
a essa danação
do bichinho mau.
Carlos me socorre,
me passa pra Libra.
Obrigado, amigo!
Obrigado, Kate,

que em lugar de broa
faz um doce *cake*,
gulodices mil,
qual mais requintada,
múltiplos sabores,
inefáveis gozos
de gula celeste.
Obrigado, Carlos,
Obrigado, Kate!
À família Lyra
todo o meu carinho.
Carlos, de Itabira.

A GODOFREDO FILHO

Enlaçam-se por um segredo
que é milagre de poesia
o verso de Godofredo
e o fascínio da Bahia.

Com o fervor de quem ama
essa pauta melodiosa
sobre Ouro Preto derrama
o róseo encanto da rosa.

Assim, ó poeta, iluminas
por tua quente poesia
graças maduras de Minas
e a volúpia da Bahia.

A HEITOR DOS PRAZERES, ARTISTA

Querido Heitor dos Prazeres,
que estás na esfera celeste:
é hora de agradecer-te
os prazeres que nos deste.

Por tua pintura e música
passa um fluido de poesia.
Poesia das coisas simples,
unidas em melodia.

O pierrô apaixonado
e a sambista da Mangueira,
saudosos, aqui ao lado,
celebram-te a noite inteira.

Noite de festa no Rio,
noite de danças e cores,
em que teus pincéis e notas
embalam nossos amores.

Querido Heitor dos Prazeres:
as injustiças sofridas
hoje se apagam. Reluz
a tua arte em nossas vidas.

A OUTRA FACE

O cômico, um enigma. Oscarito era sério
e agora faz chorar seus amigos diletos.
Se vive acaso numa estrela, está se rindo
dessa combinação de contrastes secretos.

DESPEDIDA

Ariel despede-se do corpo
que fizera sua alma escrava.
Mas há sempre uma luz no rosto
alontanado de Pedro Nava.

EXPOSIÇÃO

Não canto
as armas e os barões assinalados.
Canto
as arcas e os baús de Minas Gerais
já sem ouro e diamantes,
sem escrituras de terras e escravos,
sem belbutinas, veludos,
chamalotes,
rendas.
As arcas e os baús despojados
de turvos segredos familiares,
mas guardando ainda e sempre
um não sei quê de eterno,
a respiração discreta, o silêncio,
a vida recolhida
dos mineiros do Setecentos,
que Iara Tupinambá
veio mostrar na Galeria Chica da Silva,
recriando com flores? criando
o tempo-e-alma em forma de objeto.

LEGENDAS PARA 12 ESTAMPAS DE CARNAVAL

A festa se derrama pelo corpo
inteiro. Cada nervo, cada músculo
retine, musical, e no alvoroço
a eternidade frui o seu minuto.

*

Este ano vou sair de papa-angu.
Vais rir de mim? Rirei de ti também.
Mais me disfarço, mais me sinto nu
e tão igual a todos... tão Ninguém.

*

Ai, 1925...
Pela Avenida lentamente desfilavam os carros,
as formosuras estelares, os inatingíveis amores,
no entreluzir de serpentinas, confetes e desprezo,
sorrindo para quem? perante a multidão extasiada.

*

O carnaval, se alguém o sabe ver,
muito mais que intervalo de prazer,
é rito, é liturgia, é coração
em frenesi de rítmica paixão.

*

Três dias e quatro noites serei a minha fábula,
o ser escondido em mim, o Príncipe de São Saruê,
amante das artes do sexo, da lavoura e da paz,
ostentando o esplendor da minha farda de sonho.

*

Como baila, como vibra
esta morena de fogo
em sua íntima fibra!
Como passa no seu jogo
a melodia ancestral
ligada ao sangue, ao destino
de brincar o carnaval
como decreto divino!

*

Em qualquer parte,
Recife, ou Bahia,
de lança e estandarte,
vamos à porfia.
Lutamos em prol
da nossa utopia.
Queremos o sol
pura joalheria.
Queremos a terra
taça de alegria,
sem medo, sem guerra
nem que seja um dia...

*

O som da Escola, um som acasalado
de couro, de garganta, de batida,
esperança, raízes, luz e sombra,
volúpia, nostalgia, ogum naruê,
é um som diferente dos demais.
Comove, ao perpassar, o povo inteiro,
nas mais diversas almas estrangeiras
pingando o sentimento do Brasil.

*

Assim Portinari vê o carnaval.
E vejo Portinari nesta cena.
As formas se interligam, e da aliança
brota o gozo de viver em plenitude
o plástico milagre da existência.

*

Nossa alegria toma forma de uma torre
e sobe, colorida, em bandeiras e risos.
Canta melhor então a alma ardente do morro,
e o samba leva ao céu sua quente carícia.

*

Ó abre alas, que eu quero passar,
a minha escola não pode parar.
Venho na raça, na graça, no lance
meio adoidado do enredo-romance
e meus passistas semeiam no asfalto
a rosa encarnada do partido-alto.

*

O cortejo pomposo se avizinha
tendo à frente Gugu porta-bandeira.
Versailles chega ao Rio. Uma rainha
é recebida na Estação Primeira.

LIVRO

Boitempo, ou seja, aquele vago boi
imóvel na planura do passado,
a ruminar o verde-azul-dourado
silêncio do que é de quanto foi.

MATA ATLÂNTICA

A CÂMARA VIAJANTE

Que pode a câmara fotográfica?
Não pode nada.
Conta só o que viu.
Não pode mudar o que viu.
Não tem responsabilidade no que viu.

A câmara, entretanto,
Ajuda a ver e rever, a multi-ver
O real nu, cru, triste, sujo.
Desvenda, espalha, universaliza.
A imagem que ela captou e distribui.
Obriga a sentir,
A, criticamente, julgar,
A querer bem ou a protestar,
A desejar mudança.

A câmara hoje passeia contigo pela Mata Atlântica.
No que resta ~ ainda esplendor ~ da Mata Atlântica,
Apesar do declínio histórico, do massacre
De formas latejantes de viço e beleza.
Mostra o que ficou e amanhã ~ quem sabe? ~ acabará
Na infinita desolação da terra assassinada.

E pergunta: "Podemos deixar
Que uma faixa imensa do Brasil se esterilize,
Vire deserto, ossuário, tumba da natureza?"

Este livro-câmara é anseio de salvar
O que ainda pode ser salvo,
O que precisa ser salvo
Sem esperar pelo ano 2 mil.

I

Sem o lirismo das orquídeas,
Sem o charme decorativo das samambaias,
Nua de líquens e bromélias do litoral,
A mata de Caratinga, protegida dos ventos
Espera de nós
A proteção maior contra o machado,
A serra mecânica, o fogo.

II

Samambaias, palmeiras... São alfaias
Da casa vegetal de Itatiaia.
São tesouros, bem mais que barras de ouro,
A guardar com amor para os vindouros.

III

Não, não haverá para os ecossistemas aniquilados
Dia seguinte.
O ranúnculo da esperança não brota
No dia seguinte.
A vida harmoniosa não se restaura
No dia seguinte.
O vazio da noite, o vazio de tudo
Será o dia seguinte.

IV

Muriqui, muriqui, tu estavas aqui
Bem antes do europeu, bem antes do progresso.
Teu alegre saltar entre ramos e ventos
Vai ficando tão longe. Onde estás, muriqui?
      És apenas lembrança
      De um tempo que eu não vi.

V

De cada cem árvores antigas
Restam cinco testemunhas acusando
O inflexível carrasco secular.
Restam cinco, não mais. Resta o fantasma
Da orgulhosa floresta primitiva.

VI

A água serpeia entre musgos seculares.
Leva um recado de existência a homens surdos
E vai passando, vai dizendo
Que esta mata em redor é nossa companheira,
É pedaço de nós florescendo no chão.

VII

Xaxim, teu nome raro não te deixa
Arborescer em paz no mato em flor.
És enfeite doméstico. Nos lares,
Mulheres te maltratam com amor.

VIII

Em que minuto Deus imaginou a orquídea?
Como foi que a orquídea se sentiu orquídea,
Ente vegetal sem comparação ou êmulo?
Como foi que a Cattleya forbesii,
Zigomórfica, surgiu da Mata Atlântica,
Presente de Deus?

IX

Uma espuma azul boia em névoas na altura,
Um resto de sonho perdura na resina dos caules.
Manhã-quase-manhã, a terra acorda
Do seu sono de perfumes e lianas.

X

Na mata de Caratinga
Tem paca, tem capivara,
Tem anta e mais jacutinga,
Tem silêncio e tem arara,
E das ramarias densas
De suas copas imensas
Paira um segredo mineiro
Que dura um século inteiro...

XI

Riacho de Campo Belo,
Crivado de pedras lisas,
Como rápido deslizas
Modulando um ritornelo:
"Mais amar sabe quem ama
Sua terra e sua dama."

XII

No esforço de fugir à mata obscura,
Bromélias em família buscam luz
E em suas folhas uma gota d'água,
Puro diamante líquido, reluz.

XIII

Vem, Esperança, e pousa leve,
Como um traço de verde giz
(É meu anseio que te escreve)
Sobre a sorte do meu país.

XIV

Um som de flauta rude se derrama
No que restou da terra comburida.
O sanhaço é nostálgica lembrança
De outro tempo, outra mata, noutra vida.

XV

Sou pintor ou pintura?
As cores arco-irisam no meu manto.
Objeto luxuoso, esvoaçante
Gravura colorida,
Não me neguem, por Deus, direito à vida.

XVI

Penúltima jacutinga do Brasil?
Ou última, talvez?
Sem coco de palmito-juçara para comer,
Sem galho forte para o pouso,
Sem ambiente para viver,
A jacutinga espera o fim de toda a fauna.

XVII

Jacupemba, perseguida jacupemba,
De sua sorte quem sabe se lembra, quem se lembra?

XVIII

Meu gavião-de-penacho,
Meu rei aéreo da mata,
Meu rapinante invencível,
De hálux certeiro e cruel,
Quem diria, quem diria
Que um dia se acabaria
Na floresta ressecada
Teu domínio, teu poder?

XIX

Meu verdoengo tucano
De bico leve e guloso,
Escuta este teu amigo:
Te arriscas, se não me engano,
A ter um fim doloroso,
Se não te pões ao abrigo
Do destruidor ser humano.

XX

O canto-risada
Do japuguaçu
No alto da embaúba
Me deixa intrigado.
Ele ri de quê?
Da mão que derruba
Seu ninho cuidado?
Vou adivinhar:
Se a ave ri, coitada,
É que, por destino,
Não sabe chorar.

XXI

Como é palrador este chauá!
Imita voz de gente, é bom ator,
Porém no oco do pau logo se esconde
Se percebe o sinistro caçador.

XXII

Mano ouriço-cacheiro, vejam esta:
Frugívoro, noturno, sossegado,
Dá lição à floresta sem defesa:
Se alguém o agride, torna-se ouriçado.

XXIII

Olha o barbado, olha o bando do barbado!
Olha o coro de barbados na floresta!
À sua maneira,
Está berrando, aos deuses implorando
Que detenham a fúria arrasadora
Da sacrificada mata brasileira.

XXIV

Leãozinho dourado, o mico
É joia-animal raríssima.
Deixai-o viver, arisco,
Com seu vermelho sedoso,
Seu ouro nativo, seu
Focinho avioletado.
Salve, mico-leão-dourado!

XXV

Tigrina
Beleza
Felina,
Elástica,
Plástica
Imagem
Selvagem
Da vida
Inserida
No Verso-
Universo
Da mata!

XXVI

Que rumor é esse na mata?
Por que se alarma a natureza?
Ai... É a motosserra que mata,
Cortante, oxigênio e beleza.

M. T. A.

Imagino o puro semblante:
Maria Teresa Amarante.

Em sua graça natural
lembra andorinha no beiral.

Lembra flor, lembra luz, que sei?
O diamante oculto do rei.

E me pergunto: que poesia
lhe darei, que não seja fria

imitação do melhor verso:
uma garota no universo?

(E, além do mais, com esta rima:
neta querida de Herman Lima.)

O BOI QUEIXUME
A Raul Bopp, nos seus oitent'anos

O Boi Queixume, Rainha Luzia,
Cobra Norato, Joaninha Vintém
festejam Bopp, que aniversaria,
pois todos os mitos lhe querem bem.

ODYLO, CIDADÃO TRANQUILO

Odylo, cidadão tranquilo, suave patriarca,
chega aos sessent'anos e não exaure a arca

de onde retira os dons da rosa, os dons da vida
entre amigos e versos e ideias, repartida

com tal leveza e arte que não se sabe se é
uma riqueza só dele, mas também de Nazareth,

a companheira ~ mais do que isto, o cristalino
risco indicador do dia, entre o caos e o destino,

que torna o ato de pousar aqui e agora na paisagem
ensaio de habitação em mais perfeita paragem.

Odylo de manso conviver e fundo madurar
o que foi dor no caminho e, sábio, a transformar

em sentimento de eterno e palavra de amor
a todos ofertada ~ palma, canto e verdor.

O MAIOR TREM DO MUNDO

O maior trem do mundo
leva minha terra
para a Alemanha
leva minha terra
para o Canadá
leva minha terra
para o Japão.

O maior trem do mundo
puxado por cinco locomotivas a óleo diesel
engatadas geminadas desembestadas
leva meu tempo, minha infância, minha vida
triturada em 163 vagões de minério e destruição.

O maior trem do mundo
transporta a coisa mínima do mundo,
meu coração itabirano.

Lá vai o trem maior do mundo
vai serpenteando vai sumindo
e um dia, eu sei, não voltará,

pois nem terra nem coração existem mais.

OS VERSOS DE GUILHERMINO

Guilhermino César, poeta, animal astuto,
bêbado de aporias, serve absinto
ao gato, compondo o estatuto abstrato
de estranho carme. Seu retrato? Sinto

que por sua mão acres hemisférios
viajo, suspenso, além de taprobanas,
o pênsil no sarcasmo e na ferida
da vida vão-se as fábulas profanas.

Resta o quê? Resta quanto? Acaso o mundo,
ou nele somos só de fantasia?
Moinho de carvão a moer não,

fêmur de Deus, anêmona de espantos,
ó Guilhermino outrora verde, buscas
no indistinto alfabeto o azul sem fundo.

PAPO COM LUMIÈRE

Oi, Louis Lumière, que alegria falar com você
através do tempo e dos seus filmes-relâmpago!
Vou assistir agora, 89 anos depois,
à saída dos operários do seu estúdio
(que você modestamente chamava de fábrica)
em Lyon Monplaisir para o prazer de todo mundo
que mediante um franco de entrada, no subsolo do
                        [Salão Indiano do Grand Café
curtia dez filmezinhos de 17 metros cada um.
— Maravilha!
Vão saindo as mulheres de chapéus emplumados
e bustos generosos, como para uma festa,
mas vão para casa de subúrbio preparar o magro jantar de família,
operárias da ilusão, que até hoje distribuem quimeras.
Só você e o mano Augusto não perceberam:
pensavam ter lançado uma simples curiosidade científica
de breve duração, brincadeiras sem consequências
e criaram um outro mundo dentro do mundo velho e bocejante.

Libertaram as paisagens, soltaram as imagens:
elas agora entram em nossas casas, misturam-se com as nossas vidas.
— Maravilha...
Olha a locomotiva que salta da tela,
espalhando susto e fumaça na sala de projeções,
olha Madame Lumière pescando delicadamente peixinhos vermelhos
e o jardineiro levando banho do regador descontrolado...
A invenção ingênua transformou-se em formidável indústria universal
que chega até à Lua e embala os sonhos dos seres humanos.
Obrigado, meu velho!

PEDRO (O MÚLTIPLO) NAVA

Tantas vezes corri ao Dr. Nava
em demanda de alívio, e ele acudia.
De seu saber minh'alma fez-se escrava,
e o corpo, devedor com alegria.

Do moço Nava a poética palavra,
que em cadências modernas se expandia,
admirei, e no peito ainda se grava
um certo poema seu, que me arrepia.

Nava pintor e Nava desenhista
esquivo, agudo, exato, surpreendente,
quem nos seus traços não consola a vista?

Do nosso tempo fiel memorialista,
esse querido Nava, simplesmente,
é mistura de santo, sábio e artista.

RECADO AO POETA

Pablo Antonio Cuadra, se uma voz
longínqua chegar a teus ouvidos
escuta-a
como se escutasses o soar
de um sino amigo ou o sussurro breve
de uma palma que ao vento se oferece.
Ó Pablo, escuta-a
como se escutasses o latido
de um cão fiel em hora de vigília.
São rumores antigos e modernos,
ao avesso do tempo e seus desastres.
Repara que a poesia,
vinda de ti, volta a seu berço
envolvida nos timbres desse canto
de afetos naturais que te contemplam.
Não foi vão teu esforço em modular
uma esperança quando a treva insiste.
É falso o amanhecer
e duro o ofício
de colher decepções. Ouve, poeta,
este acorde pulsando em teu redor,
a iluminar-se de carinho
por quem prefere o estranho ao já sabido
e se recusa à fabricação de ossos
e à criação de corvos,
puro, fraterno Pablo Antonio Cuadra.

RESSONÂNCIAS DA POESIA
DE HENRIQUETA LISBOA

Airosos ares de Minas:
em vós procuro a violeta
com as cambiantes mais finas
    para Henriqueta.

Bosques, veredas, colinas:
recolho na caçoleta
vossas discretas resinas
    para Henriqueta.

Sons de serestas e matinas,
vou traduzir na espineta
vossas falas cristalinas
    para Henriqueta.

RIO: ONTEM, HOJE, AMANHÃ

Sumiram, no pélago da História,
os índios, os franceses invasores,
os capitães-mores, os engenhos de açúcar,
os amores de Domitila e Capitu.
Ficou – ficará sempre –
a magia do Rio de Janeiro.

Violentada embora (que importa?),
perdura, renitente,
a caprichosa geometria carioca.
Desdobra-se a paisagem
diferente de todas as paisagens,
com a água e a terra em conjunção sensual.
Permanece a perturbadora essência
da palavra RIO
e tudo que no Rio é flama implícita.

Amanhã virão outros moradores
sensíveis à escultura da cidade
e à sua voluptuosa formação,
e um amor mais lúcido e operante
que o nosso pobre amor desordenado
defenderá o sortilégio do Rio,
a perenidade atlântica do Rio,
a graça de viver e amar no Rio.

I
PÃO DE AÇÚCAR

O grande pão de mel suspenso entre mar e céu
insinua os prazeres da cidade.
A boca, o paladar,
a trama dos sentidos
serpenteia lá embaixo. O sol nascente
e o sol cadente vestem de púrpura
a forma rígida. Nuvens ciganas
brincam de subtraí-la e recriá-la.
A cada hora desintegra-se, recompõe-se,
assume formas inéditas de transparência.
Tem as cores da vida e o sigilo da sombra.
É montanha ou aparição crepuscular?

II
ZONA SUL

A onda mais alta
no colar da praia;
a areia mais cálida
no beijo dos corpos;
morros em coroa
no verde-azul verde.

Zona Sul, por que me tentas
a ser o átomo na luz?
Por que me levas ao instinto
de primeiro homem nascido
na concha da natureza?

Zona Sul, me perco em sol.

III
OUTROS BAIRROS

O Rio não é simples. (Haverá
cidade simples, de uniforme rosto?)
Seu *dernier cri* vizinha o primitivo.
Sua opulência casa-se ao espontâneo.
O presépio dos morros entrelaça-se
com signos de riqueza e de fulgor.
Um cão ~ há sempre um cão ~ cheira a paisagem.
Uma ave ~ há sempre uma ave ~ singra a aurora.

IV
PRAIA

A céu aberto reúnem-se em congresso
os corpos que a manhã torna esculpidos,
ao entardecer envoltos de doçura.

Aqui pousam morenas redondezas
entregues à delícia de existir
ao calor da onda glauca, sem problemas.
Existir, simplesmente ~ a vida é cor,
é curva adolescente, é surfe e papo.
O mar, irmão. O cão namora o peixe?
A barraca levada pelo vento?
A obrigação tediosa postergada?
Deixa fluir o tempo! O tempo é nada.

V
GENTE

O trabalho e o lazer, suas linhas se cruzam
pelas ruas do Rio, em tácito concerto.
O gesto religioso de juntar pedrinhas
de calçamento é o mesmo de lançar as cartas
no cassino montado em banco de cimento.
Come fogo, este aqui, e a inveja que me causa...
(Quisera eu imitá-lo, e falta-me a ciência.)
Outro doma o carro, subjugado dragão
por seu frágil poder mecânico prostrado.
Assim o povo mostra a sua dupla face:
labutar é destino? Há que sobrar astúcia
para fazer de tudo uma espécie de sonho.

VI
CRIANÇAS

Não há que desesperar do homem.
Temos ainda ~ arca de surpresas ~ os meninos,
e é proibido antecipar a sorte.
Degustam bem-aventuradamente um naco de melancia,
acomodam-se na caixa de biscoitos, aderem ao carnaval.
Seus olhos profundos te indagam:
— Que fazes por mim?
Não sabemos responder ~ mas os meninos continuam,
esperança de todos os dias, e promessa de humanidade.

VII
MACUMBA

Yemanjá, filha de Oxalá,
mãe de Xangô e de todos os orixás,
saravá!
Neste barquinho carregado de braceletes e colares,
entre flores e luzes,
vai o nosso rogo: protegei
o bom povo do Rio de Janeiro.
Dai-lhe confiança, fortaleza e paz.

Que as falanges de vossa linha
desmanchem os negros trabalhos negativos,
adversos à cidade e à sua gente,
e façam a alegria reinar
à beira destas ondas dedicadas
a vosso poder e encanto.
Yemanjá, branco-azul-prateada
sereia rainha do mar!

VIII
CARNAVAL

Liberto de estatutos e limites,
o corpo encontra a sua festa.
Solto (e ritmado), não caminha,
salta,
ginga,
rodopia,
dança.
Dança, em torno da História e da Legenda,
a glória de ser corpo, a súbita invenção
de uma outra ordem, onírica e terrestre.
Sobre as cabeças paira o antigo deus
da música, do vinho e da euforia,
no golpe eternizante do minuto.

IX
FUTEBOL

Futebol se joga no estádio?
Futebol se joga na praia,
futebol se joga na rua,
futebol se joga na alma.
A bola é a mesma: forma sacra
para craques e pernas de pau.
Mesma, a volúpia de chutar
na delirante copa-mundo
ou no árido espaço do morro.
São voos de estátuas súbitas,
desenhos feéricos, bailados
de pés e troncos entrançados.
Instantes lúdicos: flutua
o jogador, gravado no ar:
afinal, o corpo triunfante
da triste lei da gravidade.

X
FLORA E FAUNA

Insiste o pássaro no ramo
em proclamar o seu direito
à vida livre e ao verde pouso.

Insiste a flor em colorir-se
com as tintas todas matinais,
à revelia do alumínio
e do *fumé* e do *ray-ban*.
Troncos vetustos e plumagens
rubras, imperiais palmeiras
– a natureza se requinta
em ofertar a olhos cansados
a perene renovação
da vida acima das catástrofes.

XI
POR AÍ ALÉM

Deixa um momento o asfalto, vem comigo,
entre jogos de sombra e claridade,
conhecer a cintura da cidade.

Respira a plenitude do silêncio
destes montes e montes sucessivos
que ignoram a dor dos seres vivos.

Mergulha no mistério vegetal
da mata exuberante, onde as lianas
e as bromélias se calam, soberanas.

E na imobilidade do saveiro
diante da igrejinha, vai sentindo
o que é doçura e paz na hora fluindo.

DEUS, BRASILEIRO?

Somos pecadores, porém Cristo
perdoa, lá do alto da montanha,
a escuridão de nossos pecados.

Somos pecadores, mas prostramo-nos
ante a infinita benevolência
de Deus, nosso criador e responsável.

E quando o sol de ouro irrompe
na ressurreição do dia e da carne,
sentimo-nos puros, pecadores
privilegiados por Deus, que é brasileiro
ou talvez carioca.

SONETO DE ODYLO E NAZARETH

Do mirante no sítio do Rocio
Odylo vê o mundo, campo largo,
campo-maior, onde se estende o fio
da completa existência, e, suaviamargo,

o fruto de viver se colhe: sabe
a tudo que foi sonho e, ainda sonho,
vige, esperança eterna, que não cabe
no tempo o ser, e o vinho no vidonho.

Odylo e Nazareth, tão irmanados
que um não é sem o outro, na paisagem
de filhos e trabalhos ajustados

ao desígnio de Deus: em clara imagem,
feita de transparência e aberta em flor,
nos dois se grava esta lição: Amor.

VERSOS DE FIM DE ANO

I

Você sabia que a lua
ainda não foi visitada?
Que há sempre uma lua nova
dentro de outra, e encantada?

É lá que vivem as graças
que nesta quadra do ano
a gente sonha e deseja
a todo o gênero humano.

Mas a lua, preguiçosa,
nem sempre atende à pedida?
A gente pede assim mesmo
até melhorar a vida.

II

É tempo de pesquisar no tempo
uma estrela nova, um sorriso;
de dizer à nuvem: sê escultura;
e à escultura: sê nuvem.

Tempo de desejar, tempo de pensar
madura e docemente o bom de acontecer
(e mesmo não acontecendo fica desejado),
pássaro-mensageiro, traço
entre vida e esperança
como satélite no espaço.

III

Na volta da esperança,
um princípio de vida:
ser outra vez criança
por toda, toda a vida.

VINHETAS DE CARNAVAL

O LUGAR ERRADO

Pierrot, Pierrot, que fazes neste baile
apocalíptico
onde o samba retumba
e os corpos desnudos se desmancham,
se tua tristeza é toda particular
e num bar em penumbra é que ela se diverte?

PAIXÃO

Não amei Colombina.
Amei, de amor baiano, uma porta-estandarte
que nem sequer me olhava, tão violenta
era a sua paixão pelo estandarte.
A ele se entregava, com ele dormia,
e, quando um fósforo consumiu o objeto de seu amor,
também a consumiu, papoula ardente.

ERA UMA VEZ

O velho mascarado
contempla-se no espelho
e não se reconhece.
A máscara do tempo recobriu
os gloriosos disfarces dos Tenentes do Diabo.

SEMPRE LAMARTINE

O bom Lalá sorri no espaço indefinido.
Sua canção abafa o inexpressivo ruído
que faz do carnaval uma festa enfadonha.
O povo, a recordá-lo, canta, ri e sonha.

SAMBA-SAUDADE

Nasce dos pés o pé de samba
e pela quadra florescendo
vai Mangueira se tornando
sambal em flor,
jardim movente, múltipla corola
esparsa no ar;
exalando a saudade de Cartola.

O QUE PASSOU

Há palavras que restam, sem substância.
Que foi feito do conteúdo de folia?
Quem mais se declara folião?
Em Momo quem acredita nestes hojes?
Pierrot é forma arcaica de sofrer.
Mas o umbigo subsiste e resiste.
As nádegas também. O carnaval
agarra-se a redondas redundâncias para sobreviver.

MEMÓRIA NO CHÃO

O confete de quarta-feira no asfalto
cisma de continuar o carnaval.
Pisado, repisado, teima
em lembrar a batalha que não houve.
O confete-fantasma
liga-se à amarrotada serpentina,
junto à página da *Revista da Semana de* 1921
que voou de uma janela nostálgica.

O OUTRO CARNAVAL

Fantasia,
que é fantasia, por favor?
Roupa-estardalhaço, maquilagem-loucura?
Ou antes, e principalmente,
brinquedo sigiloso, tão íntimo,
tão do meu sangue e nervos e eu oculto em mim,
que ninguém percebe, e todos os dias
exibo na passarela sem espectadores?

NOVO ARLEQUIM

Um Arlequim de almas em losangos
já não sabe como trair
suas damas, em seu destino
de multicor enganador.
Em plena crise existencial,
dedica-se ao vício tóxico
da fidelidade.

VISÃO DE *PATCHWORK*

Como se faz a moda *patchwork*? A receita é simples,
tomem nota:
o matraquear da metralhadora em serviço;
o canto gregoriano;
as tintas passionais de Van Gogh;
os bigodes do Dr. Schweitzer;
o choro do bebê reclamando que não lhe trocaram a fralda;
a Carolina de Chico Buarque na janela;
o grito de vitória de Tarzan;
os objetos e não objetos da Bienal;
o pôr de sol de primeira classe do Leblon;
o buzinar dos carros no engarrafamento da manhã;
o chute em gol de Pelé;
o silêncio gelatinoso da pílula;
os pregões na Bolsa de Valores;
o concerto de música experimental serial concreta de vanguarda;
misture bem misturado num coquetel,
junte numa colcha de retalhos,
faça um bolo de cor, som e expressão
e aguarde
– pum – a magnífica explosão.

VIOLA DE BOLSO
(NOVA)

Título da pasta escrito de próprio punho pelo poeta. Nas próximas páginas, encontram-se reproduções fac-similares dos papéis deixados por Drummond.

A companheira
da vida inteira,
que a meu lado
une o passado
ao novo dia
em harmonia,
a sempre forte
e meu suporte
quando vacilo,
porto tranqüilo,
voz de carinho
no meu caminho,
leal, paciente
constantemente,
simples, discreta
força do poeta,
quero-a no instante
final — constante
com sua mão
acarinhando
em gesto brando
meu coração.

Carlos

A CONTAGEM DO TEMPO

A Abgar Renault

A contagem do tempo
do poeta
não é a do relógio
nem a da folhinha.
É ir amadurecer de poemas
a envolvê-lo e tirar-lhe
toda marca de tempo
de folhinha
e relógio
e a situá-lo
no tempo além do tempo,
onde paira o sentido,
a razão última das coisas
imersas em poesia.

(15 · IV · 1969)

A FAMÍLIA LYRA

A famiília Lyra,
que o poeta admira,
é encantadora.
Faz música fina,
quitanda divina.
Faz arte e reparte
com engenho e arte.
Carlos tange a lyra
e é também astrólogo.
Retifica os sígnos,
esclarece dúvidas.
Eu, Escorpião?
Sempre sofri muito
por estar jungido
a essa danação
do bichinho mau.
Carlos me socorre,
me passa pra libra.

Obrigado, amigo!
Obrigado, Kate,
que em lugar de broa
faz um doce <u>cake</u>,
gulodices mil,
qual mais requintada,
múltiplos sabores,
inefáveis gozos
de gula celeste.
Obrigado, Carlos,
Obrigado Kate!
À família Lyra
todo o meu carinho.
Carlos, de Itabira.

A GODOFREDO FILHO

Enlaçam-se por um segredo
que é milagre de poesia
o verso de Godofredo
e o fascínio da Bahia.

Com o fervor de quem ama
essa pauta melodiosa
sobre Ouro Preto derrama
o róseo encanto da rosa.

Assim, ó poeta, iluminas
por tua quente poesia
graças maduras de Minas
e a volúpia da Bahia.

14.4.84

A HEITOR DOS PRAZERES, ARTISTA

Querido Heitor dos Prazeres,
que estás na esfera celeste:
é hora de agradecer-te
os prazeres que nos deste.

Por tua pintura e música
passa um fluido de poesia.
Poesia das coisas simples,
unidas em melodia.

O pierrô apaixonado
e a sambista da Mangueira,
saudosos, aqui ao lado,
celebram-te a noite inteira.

Noite de festa no Rio,
noite de danças e cores,
em que teus pincéis e notas
embalam nossos amores.

Querido Heitor dos Prazeres:
as injustiças sofridas
hoje se apagam. Reluz
a tua arte em nossas vidas.

A OUTRA FACE

O cômico, um enigma. Oscarito era sério
e agora faz chorar seus amigos diletos.
Se vive acaso numa estrela, está se rindo
dessa combinação de contrastes secretos.

DESPEDIDA

Ariel despede-se do corpo
que fizera sua alma escrava.
Mas há sempre uma luz no rosto
alontanado de Pedro Nava.

EXPOSIÇÃO

Não canto
as armas e os barões assinalados.
Canto
as arcas e os baús de Minas Gerais
já sem ouro e diamantes,
sem escrituras de terras e escravos,
sem belbutinas, veludos,
chamalotes,
rendas.
As arcas e os baús despojados
de turvos segredos familiares,
mas guardando ainda e sempre
um não sei quê de eterno,
a respiração discreta, o silêncio,
a vida recolhida
dos mineiros do Setecentos,
que Iara Tupinambá
veio mostrar na Galeria Chica da Silva,
recriando com flores ? criando
o tempo-e-alma em forma de objeto.

LEGENDAS PARA 12 ESTAMPAS DE
CARNAVAL

A festa se derrama pelo corpo
inteiro. Cada nervo, cada músculo
retine, musical, e no alvoroço
a eternidade frui o seu minuto.

*

Este ano vou sair de papa-angu.
Vais rir de mim? Rirei de ti também.
Mais me disfarço, mais me sinto nu
e tão igual a todos... tão Ninguém.

*

Ai, 1925...
Pela Avenida lentamente desfilavam os carros,
as formosuras estelares, os inatingíveis amores,
no entreluzir de serpentinas, confetes e desprezo,
sorrindo para quem? perante a multidão extasiada.

*

O carnaval, se alguém o sabe ver,
muito mais que intervalo de prazer,
é rito, é liturgia, é coração
em frenesi de rítmica paixão.

*

Três dias e quatro noites serei a minha fábula,
o ser escondido em mim, o Príncipe de São Saruê,
amante das artes do sexo, da lavoura e da paz,
ostentando o esplendor da minha farda de sonho.

*

Como baila, como vibra
esta morena de fogo
em sua íntima fibra!
Como passa no seu jogo
a melodia ancestral
ligada ao sangue, ao destino
de brincar o carnaval
como decreto divino!

*

Em qualquer parte,
Recife, ou Bahia,
de lança e estandarte,
vamos à porfia.
Lutamos em prol
da nossa utopia.
Queremos o sol
pura joalheria.
Queremos a terra
taça de alegria,
sem medo, sem guerra
nem que seja um dia...

*

O som da Escola, um som acasalado
de couro, de garganta, de batida,
esperança, raízes, luz e sombra,
volúpia, nostalgia, ogun naruê,
é um som diferente dos demais.
Comove, ao perpassar, o povo inteiro,
Nas mais diversas almas estrangeiras
pingando o sentimento do Brasil.

*

218

Assim Portinari vê o carnaval.
E vejo Portinari nesta cena.
As formas se interligam, e da aliança
brota o gozo de viver em plenitude
o plástico milagre da existência.

*

Nossa alegria toma a forma de uma torre
e sobe, colorida, em bandeiras e risos.
Canta melhor então a alma ardente do morro,
e o samba leva ao céu sua quente carícia.

*

Ó abre alas que eu quero passar,
a minha escola não pode parar.
Venho na raça, na graça, no lance
meio adoidado do enredo-romance
e meus passistas semeiam no asfalto
a rosa encarnada do partido-alto.

*

O cortejo pomposo se avizinha
tendo à frente Gugu porta-bandeira.
Versailles chega ao Rio. Uma rainha
é recebida na Estação Primeira.

LIVRO

Boitempo, ou seja, aquele vago boi
imóvel na planura do passado,
a ruminar o verde-azul-dourado
silêncio do que é de quanto foi.

MATA ATLÂNTICA

A CÂMARA VIAJANTE

Que pode a câmara fotográfica?
Não pode nada.
Conta só o que viu.
Não pode mudar o que viu.
Não tem responsabilidade no que viu.

A câmara, entretanto,
Ajuda a ver e rever, a multi-ver
O real nu, cru, triste, sujo.
Desvenda, espalha, universaliza.
A imagem que ela captou e distribui.
Obriga a sentir,
A, criticamente, julgar,
A querer bem ou a protestar,
A desejar mudança.

A câmara hoje passeia contigo pela Mata Atlântica.
No que resta — ainda esplendor — da Mata Atlântica
Apesar do declínio histórico, do massacre
De formas latejantes de viço e beleza.
Mostra o que ficou e amanhã — quem sabe? acabará
Na infinita desolação da terra assassinada.
E pergunta: "Podemos deixar
Que uma faixa imensa do Brasil se esterilize,
Vire deserto, ossuário, tumba da natureza?"

Este livro-câmara é anseio de salvar
O que ainda pode ser salvo,
O que precisa ser salvo
Sem esperar pelo ano 2 mil.

I

Sem o lirismo das orquídeas,
Sem o charme decorativo das samambaias,
Nua de líquens e bromélias do litoral,
A mata de Caratinga, protegida dos ventos
Espera de nós
A proteção maior contra o machado,
A serra mecânica, o fogo.

II

Samambaias, palmeiras... São alfaias
Da casa vegetal de Itatiaia.
São tesouros, bem mais que barras de ouro,
A guardar com amor para os vindouros.

III

Não, não haverá para os ecossistemas aniquilados
Dia seguinte.
O ranúnculo da esperança não brota
No dia seguinte.
A vida harmoniosa não se restaura
No dia seguinte.
O vazio da noite, o vazio de tudo
Será o dia seguinte.

IV

Muriqui, muriqui, tu estavas aqui
Bem antes do europeu, bem antes do progresso.
Teu alegre saltar entre ramos e ventos
Vai ficando tão longe. Onde estás, muriqui?
    És apenas lembrança
    De um tempo que eu não vi.

V

De cada cem árvores antigas
Restam cinco testemunhas acusando
O inflexível carrasco secular.
Restam cinco, não mais. Resta o fantasma
Da orgulhosa floresta primitiva.

VI

A água serpeia entre musgos seculares.
Leva um recado de existência a homens surdos
E vai passando, vai dizendo
Que esta mata em redor é nossa companheira,
É pedaço de nós florescendo no chão.

VII

Xaxim, teu nome raro não te deixa
Arborescer em paz no mato em flor.
És enfeite doméstico. Nos lares,
Mulheres te maltratam com amor.

VIII

Em que minuto Deus imaginou a orquídea?
Como foi que a orquídea se sentiu orquídea,
Ente vegetal sem comparação ou êmulo?
Como foi que a Cattleya forbesii,
Zigomórfica, surgiu da Mata Atlântica,
Presente de Deus?

IX

Uma espuma de azul bóia nas névoas da altura,
Um resto de sonho perdura na resina dos caules.
Manhã-quase-manhã, a terra acorda
Do seu sono de perfumes e lianas.

X

Na mata de Caratinga
Tem paca, tem capivara,
Tem anta e mais jacutinga,
Tem silêncio e tem arara,
E nas ramarias densas
De suas copas imensas,
Paira um segredo mineiro
Que dura um século inteiro...

XI

Riacho Campo Belo,
Crivado de pedras lisas,
Como rápido deslizas
Modulando um ritornelo:
"Mais amar sabe quem ama
Sua terra e sua dama."

XI

No esforço de fugir à mata obscura,
Bromélias em família buscam luz
E em suas folhas uma gota d'água,
Puro diamante líquido, reluz.

XII

Vem, Esperança, e pousa leve,
Como um traço de verde giz
(É meu anseio que te escreve)
Sobre a sorte do meu país.

XIII

Um som de flauta rude se derrama
No que restou da terra comburida.
O sanhaço é nostálgica lembrança
De outro tempo, outra mata, noutra vida.

XIV

Sou pintor ou pintura?
As cores arcoirisam no meu manto.
Objeto luxuoso, esvoaçante
Gravura colorida,
Não me neguem, por Deus, direito à vida.

Tangará

XV

Penúltima jacutinga do Brasil?
Ou última, talvez?
Sem coco de palmito-juçara para comer,
Sem galho forte para o pouso,
Sem ambiente para viver,
A jacutinga espera o fim de toda a fauna

XVI

Jacupemba, perseguida jacupemba,
De tua sorte quem se lembra, quem se lembra?

XVII

Meu gavião-de-penacho,
Meu rei aéreo da mata,
Meu rapinante invencível,
De hálux certeiro e cruel,
Quem diria, quem diria
Que um dia se acabaria
Na floresta ressecada
Teu domínio, teu poder?

XVIII

Meu verdoengo tucano
De bico leve e guloso,
Escuta este teu amigo:
Te arriscas, se não me engano,
A ter um fim doloroso
Se não te pões ao abrigo
Do destruidor ser humano.

XIX

O canto-risada
Do japuguaçu
No alto da embaúba
Me deixa intrigado.
Ele ri de quê?
Da mão que derruba
Seu ninho cuidado?
Vou adivinhar:
Se a ave ri, coitada,
É que, por destino,
Não sabe chorar.

XX

Como é pairador este chauá!
Imita voz de gente, é bom ator,
Porém no oco do pau logo se esconde
Se percebe o sinistro caçador.

XXI

Mano ouriço-cacheiro, vejam esta:
Frugívero, noturno, sossegado,
Dá lição à floresta sem defesa:
Se alguém o agride, torna-se ouriçado.

XXII

Olha o barbado, olha o bando do barbado!
Olha o coro de barbados na floresta!
À sua maneira,
Está berrando, aos deuses implorando
Que detenham a fúria arrasadora
Da sacrificada mata brasileira.

XXIII

Leãozinho dourado, o mico
É jóia-animal raríssima.
Deixai-o viver, arisco,
Com seu vermelho sedoso,
Seu ouro nativo, seu
Focinho avioletado.
Salve, mico-leão dourado!

XXIV

Tigrina
Beleza
Felina,
Elástica,
Plástica
Imagem
Selvagem
Da vida
Inserida
No Verso-
Universo
Da mata!

Gato-do-mato pintado

XXV

Que rumor é esse na mata?
Por que se alarma a natureza?
Ai... É a moto-serra que mata,
Cortante, oxigênio e beleza.

M. T. A.

Imagino o puro semblante:
Maria Teresa Amarante.

Em sua graça natural
lembra andorinha no beiral.

Lembra flor, lembra luz, que sei?
O diamante oculto do rei.

E me pergunto: Que poesia
lhe darei, que não seja fria

imitação do melhor verso:
uma garota no universo?

(E além do mais, com esta rima:
neta querida de Herman Lima.)

O BOI QUEIXUME

A Raul Bopp, nos seus oitent'anos

O Boi Queixume, Rainha Luzia,
Cobra Norato, Joaninha Vintém
festejam Bopp, que aniversaria,
pois todos os mitos lhe querem bem.

ODYLO, CIDADÃO TRANQUILO

Odylo, cidadão tranquilo, suave patriarca,
chega aos sessent'anos e não se exaure a arca

de onde retira os dons da rosa, os dons da vida
entre amigos e versos e idéias, repartida

com tal leveza e arte que não se sabe se é
uma riqueza só dele mas também de Nazareth,

a companheira, — mais do que isto, o cristalino
risco indicador do dia, entre o caos e o destino,

que torna o ato de pousar aqui e agora na paisagem
ensaio de habitação em mais perfeita paragem.

Odylo de manso conviver e fundo madurar
o que foi dor no caminho e, sábio, a transformar

em sentimento de eterno e palavra de amor
a todos ofertada — palma, canto e verdor.

14.12.74

O MAIOR TREM DO MUNDO

O maior trem do mundo
leva minha terra
para a Alemanha
leva minha terra
para o Canadá
leva minha terra
para o Japão.

O amior trem do mundo
puxado por cinco locomotivas a óleo diesel
engatadas geminadas desembestadas
leva meu tempo, minha infância, minha vida
triturada em 163 vagões de minério e destruição.

O maior trem do mundo
transporta a coisa mínima do mundo,
meu coração itabirano.

Lá vai o trem maior do mundo
vai serpenteando vai sumindo
e um dia, eu sei, não voltará

pois nem terra nem coração existem mais.

O Corneta Itabirano
18.8.1984

OS VERSOS ~~DO POETA~~ DE GUILHERMINO

Guilhermino César, poeta, animal astuto,
bêbado de aporias, serve absinto
ao gato, compondo o estatuto abstrato
de estranho carme. Seu retrato? Sinto

que por sua mão acres hemisférios
viajo, suspenso, além de taprobanas,
o pênsil no sarcasmo e na ferida
da vida, vão-se as fábulas profanas.

Resta o quê? Resta quanto? Acaso o mundo,
ou nele somos só de fantasia?
Moinho de carvão a moer não,

fêmur de Deus, anêmona de espantos,
ó Guilhermino outrora verde, buscas
no indistinto alfabeto, o azul sem fundo.

JB 25.IX.77 (verificar data)

PAPO COM LUMIÈRE

Oi, Louis Lumière, que alegria falar com você
através do tempo e dos seus filmes-relâmpago!
Vou assistir agora, 89 anos depois,
à saída dos operários do seu estúdio
(que você modestamente chamava de fábrica)
em Lyon Monplaisir para o prazer de todo mundo
que mediante um franco de entrada, no subsolo do Salão Indiano do Grand Café
curtia dez filmezinhos de 17 metros cada um.
— Maravilha!
Vão saindo as mulheres de chapéus emplumados
e bustos generosos, como ~~se fossem~~ para uma festa,
mas vão para casa de subúrbio preparar o magro jantar de família,
operárias da ilusão, que até hoje distribuem quimeras.
Só você e o mano Augusto não perceberam:
pensavam ter lançado uma simples curiosidade cintífica
de breve duração, brincadeira sem conseqüências
e criaram um outro mundo dentro do mundo velho e bocejante.
Libertaram as paisagens, soltaram as imagens :
elas agora entram em nossas casas, misturam-se com as nossas vidas.
— Maravilha...
Olha a locomotiva que salta da tela, espalhando susto e fumaça na sala
                                                                                                  de projeções,
olha Madame Lumière pescando delicadamente peixinhos vermelhos
e o jardineiro levando banho do regador descontrolado...
A invenção ingênua transformou-se em formidável indústria universal
que chega até à Lua e embala o sonho dos seres humanos.
Obrigado, meu velho!

(1985)

Pedro (o múltiplo) Nava

Tantas vezes corri ao Dr. Nava
em demanda de alívio, e ele acudia.
De seu saber minh'alma fez-se escrava,
e o corpo, devedor com alegria.

Do moço Nava a poética palavra
que em cadências modernas se expandia,
admirei, e no peito ainda se grava
um certo poema seu, que me arrepia.

Nava pintor e Nava desenhista
esquivo, agudo, exato, surpreendente,
quem nos seus traços não consola a vista?

Do nosso tempo fiel memorialista,
esse querido Nava, simplesmente,
é mistura de santo, sábio e artista.

                Carlos Drummond de Andrade

RECADO AO POETA

Pablo Antonio Cuadra, se uma voz
longínqua chegar a teus ouvidos,
escuta-a
como se escutasses o soar
de um sino amigo ou o sussurro breve
de uma palma que ao vento se oferece.
Ó Pablo, escuta-a
como se escutasses o latido
de um cão fiel em hora de vigília.
São rumores antigos e modernos,
ao avesso do tempo e seus desastres.
Repara que a poesia,
vinda de ti, volta a seu berço
envolvida nos timbres desse canto
de afetos naturais que te contemplam.
Não foi vão teu esforço em modular
uma esperança quando a treva insiste.
É falso o amanhecer
e duro o ofício
de colher decepções. Ouve, poeta,
este acorde pulsando em teu redor,
a iluminar-se de carinho
por quem prefere o estranho ao já sabido
e se recusa à fabricação de ossos
e à criação de corvos,
puro, fraterno Pablo Antonio Cuadra.

RESSONÂNCIAS DA POESIA DE HENRIQUETA LISBOA

    Airosos ares de Minas:
    em vós procuro a violeta
    com as cambiantes mais finas
        para Henriqueta.

    Bosques, veredas, colinas:
    recolho na caçoleta
    vossas discretas resinas
        para Henriqueta.

    Sons de seresta e matinas,
    vou traduzir na espineta
    vossas falas cristalinas
        para Henriqueta.

RIO: ONTEM, HOJE, AMANHÃ

Sumiram, no pélaho da História,
os índios, os franceses invasores,
os capitães-mores, os engenhos de açúcar,
os amores de Domitila e Capitu.
Ficou - ficará sempre -
a magia do Rio de Janeiro.

Violentada embora (que importa ?),
perdura, renitente,
a caprichosa geometria carioca.
Desdobra-se a paisagem
diferente de todas as paisagens,
com a água e a terra em conjunção sensual.
Permanece a perturbadora essência
da palavra RIO
- tudo que no Rio é flama implícita.

Amanhã virão outros moradores
sensíveis à escultura da cidade
e à sua voluptuosa formação,
e um amor mais lúcido e operante
que o nosso pobre amor desordenado
defenderá o sortilégio do Rio,
a perenidade atlântica do Rio,
a graça de viver e amar no Rio.

I
PÃO DE AÇÚCAR

O grande pão de mel suspenso entre mar e céu
insinua os prazeres da cidade.
A boca, o paladar,
a trama dos sentidos
serpenteia lá embaixo. O sol nascente
e o sol cadente vestem de púrpura
a forma rígida. Nuvens ciganas
brincam de subtraí-la e recriá-la.
A cada hora desintegra-se, recompõe-se,
assume formas inéditas de transparência.
Tem as cores da vida e o sigilo da sombra.
É montanha ou aparição crepuscular ?

II
ZONA SUL

A onda mais alta
no colar da praia;
a areia mais cálida
no beijo dos corpos;
morros em coroa
no verde-azul-verde.

Zona Sul, por que me tentas
a ser átomo na luz ?
Por que me levas ao instinto
de primeiro homem nascido
na concha da natureza ?

Zona Sul, me perco em sol.

III
OUTROS BAIRROS

O Rio não é simples. (Haverá
cidades simples, de uniforme rosto ?)
Seu **dernier cri** vizinha o primitivo.
Sua opulência casa-se ao espontâneo.
O presépio dos morros entrelaça-se
com signos de riqueza e de fulgor.
Um cão -há sempre um cão - cheira a paisagem.
Uma ave - há sempre uma ave - singra a aurora.

IV

PRAIA

A céu aberto reúnem-se em congresso
os corpos que a manhã torna esculpidos,
ao entardecer envoltos de doçura.
Aqui pousam morenas redondezas
entregues à delícia de existir
ao calor da onda glauca, sem problemas.
Existir, simplesmente. - a vida é cor,
é curva adolescente, é <u>surf</u> e papo.
O mar, irmão. Um cão namora o peixe ?
A barraca levada pelo vento ?
A obrigação tediosa portergada ?
Deixa fluir o tempo ! O tempo é nada.

V

GENTE

O trabalho e o lazer, suas linhas se cruzam
pelas ruas do Rio, em tácito concerto.
O gesto religioso de juntar pedrinhas
de calçamento é o mesmo de lançar as cartas
no cassino montado em banco de cimento.
Come fogo este aqui, e a inveja que me causa...
(Quisera eu imitá-lo, e falta-me ciência.)
Outro doma o carro, subjugado dragão
por seu frágil poder mecânico prostrado.

Assim o povo mostra a sua dupla face:
Labutar é destino ? Há que sobrar astúcia
para fazer de tudo uma espécie de sonho.

VI
CRIANÇAS

Não há que desesperar do homem.
Temos ainda - arca de surpresas - os meninos,
e é proibido antecipar a sorte.
Degustam bem-aventuradamente um naco de melancia,
acomodam-se numa caixa de biscoitos, aderem ao carnaval.
Seus olhos profundos indagam:
- Que fazes por mim ?
Não sabemos responder - mas os meninos continuam,
esperança de todos os dias, e promessa de humanidade.

VII
MACUMBA

Yemanjá, filha de Oxalá,
mãe de Xangô e de todos os orixás,
saravá !
Neste barquinho carregado de braceletes e colares,
entre flores e luzes,
vai o nosso rogo: protegei
o bom povo do Rio de Janeiro.
Dai-lhe confiança, fortaleza e paz.

Que as falanjes de vossa linha
desmanchem os negros trabalhos negativos,
adversos à cidade e à sua gente,
e famam a alegria reinar
à beira destas ondas dedicadas
a vosso poder e encanto.
Yemanjá, branco-azul-prateada
rainha sereia do mar !

VIII
CARNAVAL

Liberto de estatutos e limites,
o corpo encontra a sua festa.
Solto (e ritmado), não caminha,
salta,
ginga,
rodopia,
dança.
Dança, em torno da História e da Legenda,
a glória de ser corpo, a súbita invenção
de uma outra ordem, onírica e terrestre.
Sobre as cabeças paira o antigo deus
da música, do vinho e da euforia,
no golpe eternizante do minuto.

IX.

FUTEBOL

Futebol se joga no estádio ?
Futebol se joga na praia,
futebol se joga na rua,
futebol se joga na alma.
A bola é a mesma: forma sacra
para craques e pernas-de-pau.
Mesma, a volúpia de chutar
na delirante copa-mundo
ou no árido espaço do morro.
São vôos de estátuas súbitas,
desenhos feéricos, bailados
de pés e troncos entrançados.
Instantes lúdicos: flutua
o jogador, gravado no ar:
afinal, o corpo triunfante
da triste lei da gravidade.

X.

FLORA E FAUNA

Insiste o pássaro no ramo
em proclamar o seu direito
à vida livre e ao verde pouso.

Insiste a flor em colorir-se
com as tintas todas matinais,
à revelia do alumínio
e do _fumé_ e do _ray-ban_.
Troncos vetustos e plumagens
rubras, imperiais palmeiras
e a natureza se requinta
em ofertar a olhos cansados
a perene renovação
da vida acima das catástrofes.

XI
POR AÍ ALÉM

Deixa um momento o asfalto, vem comigo,
entre jogos de sombra e claridade,
conhecer a cintura da cidade.

Respira a plenitude do silêncio
destes montes e montes sucessivos
que ignoram a dor dos seres vivos.

Mergulha no mistério vegetal
da mata exuberante, onde as lianas
e as bromélias se calam, soberanas.

E na imobilidade do saveiro
diante da igrejinha, vai sentindo
o que é doçura e paz na hora fluindo.

DEUS, BRASILEIRO ?

Somos pecadores, porém Cristo
perdoa, lá do alto da montanha,
a escuridão de nossos pecados.

Somos pecadores, mas prostramo-nos
ante a infinita benevolência
de Deus, nosso criador e responsável.

E quando o sol de ouro irrompe
na ressurreição do dia e da carne,
sentimo-nos puros, pecadores
privilegiados por Deus, que é brasileiro
ou talvez carioca.

SONETO DE ODYLO E NAZARETH

Do mirante no sítio do Rocio
Odylo vê o mundo, campo largo,
campo-maior, onde se estende o fio
da completa existência, e, suaviamargo,

o fruto de viver se colhe: sabe
a tudo que foi sonho e, ainda sonho,
vige, esperança eterna, que não cabe
no tempo o ser, e o vinho no vidonho.

Odylo e Nazareth, tão irmanados
que um não é sem o outro, na paisagem
de filhos e trabalhos ajustados

ao desígnio de Deus: em clara imagem,
feita de transparência e aberta em flor,
nos dois se grava esta lição: Amor.

VERSOS DE FIM DE ANO

I

Você sabia que a lua
ainda não foi visitada?
Que há sempre uma lua nova
dentro de outra, e encantada?

É lá que vivem as graças
que nesta quadra do ano
a gente sonha e deseja
a todo o gênero humano.

Mas a lua, preguiçosa,
nem sempre atende à pedida?
A gente pede assim mesmo
até melhorar a vida.

II

É tempo de pesquisar no tempo
uma estrela nova, um sorriso;
de dizer à nuvem: sê escultura;
e à escultura: sê nuvem.

Tempo de desejar, tempo de pensar
madura e docemente o bom de acontecer
(e mesmo não acontecendo fica desejado),
pássaro-mensageiro, traço
entre vida e esperança
como o satélite no espaço.

III

Na volta da esperança,
um princípio de vida:
ser outra vez criança
por toda, toda a vida.

VINHETAS DE CARNAVAL

O lugar errado

Pierrot, Pierrot, que fazes neste baile
apocalíptico
onde o samba retumba
e os corpos desnudos se desmancham,
se tua tristeza é toda particular
e num bar em penumbra é que ela se diverte?

Paixão

Não amei ~~uma~~ Colombina
Amei, de amor baiano, uma porta-estandarte
que nem sequer me olhava, tão violenta
era a sua paixão pelo estandarte.
A ele se entregava, com ele dormia,
e quando um fósforo consumiu o objeto do seu amor,
também a consumiu, papoula ardente.

Era uma vez

O velho mascarado
contempla-se no espelho
e não se reconhece.
A máscara do tempo recobriu
os gloriosos disfarces dos Tenentes do Diabo.

Sempre Lamartine

O bom Lalá sorri no espaço indefinido.
Sua canção abafa o inexpressivo ruído
que faz do carnaval uma festa enfadonha.
O povo, a recordá-lo, canta, ri e sonha.

Samba-saudade

Nasce dos pés o pé de samba
e pela quadra florescendo
vai Mangueira se tornando
sambal em flor,
jardim movente, múltipla corola
esparsa no ar;
exalando a saudade de Cartola.

O que passou

Há palavras que restam, sem substância.
Que foi feito do conteúdo de folia?
Quem mais se declara folião?
Em Momo quem acredita nestes hojes?
Pierrot é forma arcaica de sofrer.
Mas o umbigo subsiste e resiste.
As nádegas também. O carnaval
agarra-se a redondas redundâncias para sobreviver.

Memória no chão

O confete de quarta-feira no asfalto
cisma de continuar o carnaval.
Pisado, repisado, teima
em lembrar a batalha que não houve.
O confete-fantasma
liga-se à amarrotada serpentina,
junto à página da Revista da Semana de 1921
que voou de uma janela nostálgica.

O outro carnaval

Fantasia,
que é fantasia, por favor?
Roupa-estardalhaço, maquilagem-loucura?
Ou antes, e principalmente,
brinquedo sigiloso, tão íntimo,
tão do meu sangue e nervos e eu oculto em mim,
que ninguém percebe, e todos os dias
exibo na passarela sem espectadores?

Novo Arlequim

Um Arlequim de alma em losangos
já não sabe como trair
suas damas, em seu destino
de multicor enganador.
Em plena crise existencial,
dedica-se ao vício tóxico
da fidelidade.

VISÃO DE PATCHWORK

Como se faz a moda patchwork? A receita é simples,
tomem nota:
O matraquear da metralhadora em serviço;
o canto gregoriano;
as tintas passionais de van Gogh;
os bigodes do Dr. Schweitzer;
o choro do bebê reclamando que não lhe trocaram a fralda;
a Carolina de Chico Buarque na janela;
o grito de vitória de Tarzan;
os objetos e não objetos da Bienal;
o por-de-sol de primeira classe do Leblon;
o buzinar dos carros no engarrafamento da manhã;
o chute em gol de Pelé;
o silêncio gelatinoso da pílula;
os pregões na Bolsa de Valores;
o concerto de música experimental serial concreta de vanguarda;
misture bem misturado num coquetel,
junte numa colcha de retalhos,
faça um bolo de cor, som e expressão
e aguarde
— pum — a magnífica explosão.

RESSONÂNCIAS

Imagens de outro

VIOLA DE BÔLSO

A existência de pessoas com a mesma etiqueta que nos colaram no registro civil cria às vêzes situações inconfortáveis ou estranhas. Alvaro Moreyra andou às voltas com um Alvaro Moreyra que abafava guarda-chuvas no Ministério da Agricultura, o sr. Odilon Braga fala pouco no Palácio Tiradentes e demais na Câmara de Vereadores, e há na lista telefônica cinco Carlos Ribeiros, nenhum dos quais é o livreiro, misturando seus destinos na confusão dos endereços trocados. Se ninguém muda de nome, é porque cada um se sabe o verdadeiro dono dêle; os outros são pseudônimos. Assim, não me sinto constrangido ao falar — antes que algum aventureiro o faça — no sr. Carlos Drummond de Andrade, cidadão que tem com o autor desta nota pelo menos a identidade das iniciais. Passando pelo centro, vi nas livrarias sua "Viola de Bôlso, novamente encordoada", e louvei-lhe a discrição; num momento em que o pesado acordeão é a doença musical das famílias, e há congressos e campeonatos de acordeão, êle se contenta com um instrumento de algibeira, que mal não fará aos ouvidos de ninguém.

O novo livro de versos de meu xará tem, de qualquer modo, uma virtude: a capa. É leve e agradável, com a violinha moderna desenhada por Lilyan Schwartzkopf; se não gostarem das canções, gostem do traço louro da moça. A "Viola", fabricada por artes de José Olympio e Athos Pereira, tem o material da antiga edição dos "Cadernos de Cultura", de Simeão Leal (êsse Simeão é maluquinho; pois não foi meter poesia de circunstância entre graves publicações oficiais?) porém mais da metade é novo. Como nos "magasins", tudo é por seções: seção de amizades, de complicações íntimas, boas-festas, dedicatórias, etc. Muito útil, a seção de agradecimentos de presentes recebidos; o autor ensina como retribuir a oferta de um cinzeiro ou um marcador de livro. Mandam-se versinhos, como fazia Mallarmé e fazem Alfonso Reyes e Bandeira; se êstes mestres são inimitáveis, o xará, que não aspira a tanto, pretende industrializar a fórmula. Não é bem um "secretário poético", mas sugere: mandem versinhos a seus afetos e relações. Gostoso, simples, e andamos precisados de coração, já que não temos, nem teremos nunca, juizo.

Não vou citar as "brincadeiras" dirigidas a pintores, poetas, editores, senhoras e senhoritas da estima do violeiro; nem tudo é "divertissement", haja vista êste ponteio dolorido:

Que coisa é maralto?
O mar que de assalto
cobre tôda a vista?
Galo cuja crista
salta em sobressalto
a quem lhe resista?
O mar — que é maralto?

Acaso tôrre alta
nuvem tronco espanto
de fluido agapanto,
de flôres em malta
doida, a cada canto
do mar que se exalta?
Marulho ou maralto?

Mar sêco tão alto,
de um íris cambiante
que em azul cobalto
se volve num salto
e no peito amante
o duro basalto,
a pena constante

de amar vai roendo,
e a sedenta falta
— voz baixa, mar alto —
em sal convertendo?
Que outra onda mais alta,
maralto metuendo,
que um amor sofrendo?

C. D. A.

VIOLINHA DE BÔLSO
Carlos Drummond de Andrade

Lembrança de Portinari

O universo de Portinari
se às vêzes dói, sempre fulgura:
entrelaça, como num verso,
o que é humano ao que é pintura.

Dedicatórias para brotos

1

Sílvia, cicio em si, brisa levinha,
sussurro no silvado, e silva poética.
No silêncio de um vôo de andori-
[nha,
a esquiva graça e a sugestão esté-
[tica.

2

É Tânia, é Tânia, é Tânia
Maria.
E espontânea
como o sol e o dia.
É Tânia, é Tânia, é Tânia
Maria.
Contemporânea
dos astronautas,
da informática,
da cibernética.
E não é abstrusa
nem circuncisfláutica.

É Tânia, é Tânia, Tânia
simples: Maria.

Pintura de Wega

À tona do mundo irrompem
os mundos de Wega
violentos
verdinatais, vermelhoníricos
sobressaltando a natureza.
O último? o primeiro
dia da criação implanta
a densa vida tensa
em que a terra é criação do
[homem
e a criatura revela sua íntima
dramática estrutura.

"A Festa" de Ziraldo

Vou à festa de Ziraldo,
vou levando Jeremias.
Ziraldo vai me mostrando
o tom de Flicts da Lua.
Jeremias, meu compadre,
meu anjo da guarda de óculos,
dá uma de milagreiro
fazendo que a supermãe
largue o super, se tornando
mãe comum, ao natural.
A festa vai esquentando
dentro e fora da piscina.

Publicado originalmente no *Jornal do Brasil*, 27/2/1971.
O recorte é parte do arquivo de Drummond.

Jeremias e Ziraldo
ao soar a concertina
já se tornam Jerizaldo
e Ziralmias, no caos?
Entra a Rainha, entra o Príncipe
da Grã-Britânia ou Caxias,
entra tôda a macacada
com sentido na cerveja,
no hot-dog e no restante
que se pega ou se fareja,
mas Ziraldo, ziraldando,
e Jeremias quebrando
o galho de tôda gente,
me mostram que a melhor fes-
[ta,
de tôdas a mais bacana,
inserida no contexto,
está nos livros-mandinga,
nos cartoons, bonecos, bolas
incomparáveis de um certo
mineiro de Caratinga.

Em louvor de Mestre Aires

Ó Aires dos ares bons,
Aires da mata
da linguagem
e do machado que não mata
mas desbasta e aparelha
a fina palavra diamantina,
palavra certa,
que uma abraçada a outra vai
[formando
festa floral, floresta
de bem escrever
(ou bem pensar),
Aires faiscador
das últimas pedras musicais do
[Tijuco,
Aires dicionário
sem empáfia, sem ares, maneiro
mineiro ladino
que soubeste ver no Tiradentes
o único herói possível
— herói humano —
e na fala do povo,
no mistério dos ritos,
no arco-íris das serras
captaste
o ar, a alma de Minas,
ó Aires
da verde mata,
do machado de prata portuguêsa
legítima
onde se oculta um brilhante
com todos os fogos tranquilos
da sabedoria,
mestre Aires, recebe meus sau-
[dares.

Soneto da buquinagem

Buquinemos, amiga, neste sebo.
A vela, ao se apagar, se reacenderá,
e quero a meia-luz. Amo os serenos
angras do mar dos livros, onde bebo

o álcool mais absoluto e olhares para
consolados na estrofe, e calmo, e ágil,
tiro da baixa estante sete cisnes
em sete obras que pago e que recebo.

Amiga, buquinemos, pois a morta
luz de antigos sonhos, e conforta
no tempo de papel tremor de novo

nosso papel, velino, e nosso povo
é Lucrécio e Villon, velhos autores
aos novos poetas muito superiores.

Carlos Drummond de Andrade

Fac-símile do poema publicado na p. 42.

Soneto inglês

a José Olympio, na passagem do ano

Que coisa é o livro? que contém na sua
frágil arquitetura transparente?
São palavras apenas, ou é a nua
exposição de uma alma confidente?
De que fonte brotou? que nobre instinto
da prensa fez surgir essa obra de arte
que vive junto a nós, sente o que eu sinto,
e vai clareando o mundo em toda parte?
Meu caro José Olympio, só louvado
pelos livros que o tempo vai guardando,
nascidos de teu sonho no passado,
pois cada livro ao tempo irá lembrando
    o que a vida de um homem pode ser
    quando ele sabe amar e compreender.

Grato aos seus votos, e também
lhe desejando um ano feliz, o abraço
do
      Drummond

Rio, 1953-1954

O soneto inglês, ou shakespeariano, apresenta três quartetos e um dístico, diferentemente do italiano, ou petrarquiano, composto por dois quartetos e dois tercetos. Este poema foi publicado sob o título "A José Olympio" e pode ser lido na p. 78.

ÍNDICE DE TÍTULOS
E PRIMEIROS VERSOS

VIOLA DE BOLSO
mais uma vez encordoada

2l, Amado Nervo. Eis que a poesia, 122

A Alberto de Serpa, 88

A Américo Facó, 66

A Antônio Bandeira, 93

A Antônio Camilo de Oliveira, 95

A Ayla Martins, 123

A Brito Broca, 118

A Carlos Ribeiro, 98

A Charles Edward Eaton, 103

A chuva me irritava. Até que um dia, 52

A cinza no cinzeiro, e a chama n'alma, 136

A Cipriano S. Vitureira, 87

A companheira, 147

A companheira, 147

A contagem de tempo, 148

A contagem do tempo, 148

A Cyro dos Anjos, 116

A Dália Antonina, 97

A dança e a alma, 27

A dança? Não é movimento, 27

A Emanuel de Morais, 108

A Emílio Moura, 112

A família Lyra, 149

A família Lyra, 149

A festa se derrama pelo corpo, 156

A Gilberto Freyre, 80

A Godofredo Filho, 151

A Gofredo Neto, 90

A Guignard, 81

A Heitor dos Prazeres, artista, 152

A João Condé, 117

A José Lins do Rego, 113

A José Olympio, 78

A Lúcia Miguel Pereira & Octávio Tarquínio de Souza, 111

A Luís Jardim, 119

A Luís Santa Cruz, 114

A Lya Cavalcanti, 128

A Lygia Fagundes Telles, 72

A mais alta poesia, 67

À maneira de Geir Campos, 48

A mão disse para a luva:, 29

A Milton Campos, 115

A Niomar Moniz Sodré & Paulo Bittencourt, 102

A outra face, 153

A Paulo Rónai, 107

A Paulo Rónai, desta vez, 107

A Paulo T. Barreto, 104

A prata de casa... Acaso, 138

A Rafael Santos Torroella, 105
A si mesmo, 129
À sua casa cinzenta, 24
A Sylvia Chalréo, 86
A Sylvia Chalréo, 96
A três garotos, 120
A Valdemar Cavalcanti, 106
A Van Jafa, 89
A Verinha Pereira, 127
A Yolanda Guedes, 100
A Zuleika de Castro, 121
Abgar Renault, 67
Admirável espírito dos moços, 26
Ai! Que passos deu o poeta, 40
Airosos ares de Minas:, 180
Alice in Wonderland,
  a Di Cavalcanti, 137
Alimento, 143
Altíssimo poeta puro, 70
Amor em viagem, 58
Ao ano velho e caduco, 100
Aos que me dão lugar no bonde, 32
Após a leitura, 72
Ariel despede-se do corpo, 154
Arieta de solteirão em junho, 30
Arquitetura de cristal e rosa, 68

As pequeninas casas multicores, 86
As rosas do tempo, 26
Assombração, 55
Atestado, 75
Balanço, 63
*Boitempo, ou seja, aquele
  vago boi*, 160
Buquinemos, amiga, neste sebo, 42
Cabe pois num vagão, 35
Canção imobiliária, 36
Caro compadre Emílio, 112
Caro pintor Bandeira, 93
*Caro pintor Guignard, que estás
  enfermo:*, 81
Caso pluvioso, 52
Cidade sem rio, 43
Colônia, 60
Como o herói lendário, Rodrigo, 64
Como se faz a moda patchwork?
  A receita é simples, 196
Companhia, 64
Conselho, 144
Da cor mesma do céu, 96
*De um baú de folha de flandres
  no caminho da roça*, 79
Despedida, 154
Desperdício, 47

Divina Pastora, 44

Do mirante no sítio do Rocio, 190

É magro o poeta. E o livro,
    também magro, 123

Elza Queiroga, 73

Eneida, 69

Enigma claro, pois sem segredo, 120

Enlaçam-se por um segredo, 151

Enquanto uma cigarra zine, 69

Entre os amigos, excele o, 115

Entre os desmaios de maio, 38

Era um velho fantasma, 55

Esse ressaibo de pureza, 44

Exposição, 155

Facó, dileto: obrigado, 133

Fonte invisível, 77

Fui à fonte de Schmidt, 77

Gastão Cruls, 122

Guilhermino César, poeta,
    animal astuto, 175

Há na poesia uma luz, 114

Homem tirando a roupa, 24

Imagens sempre graciosas,
    alados, 103

Imagino o puro semblante:, 171

Inventário, 23

Invocação com ternura, 34

J. Carlos, sessenta, 106

João, terrível arquivista, 117

Jorge de Lima, 68

Legendas para 12 estampas
    de carnaval, 156

Lewis Carroll ainda faz das suas, 137

Livro, 160

Luar em qualquer cidade, 46

Luís Martins, 85

Lya, repare: uma varanda ao
    vento, 128

M. T. A., 171

Maio no Leblon, 38

Maralto, 141

Mata Atlântica, 161

Meu edifício Itabira, 36

Meu prezado Brito Broca, 118

Meu querido Capanema, 63

Meu querido poeta, 88

Minha viola de bolso brasileira, 87

Mozart: da casa onde nasceste, 134

Murilo Mendes
    & Maria da Saudade, 70

Na fase azul de Picasso, 102

Na toalha de mesa
    de Regina Campos , 84

Não canto, 155

Não é santo nem é rosa, 74

Neste cantinho de mesa, 84

No apartamento da rua Aguero, 28

*No banquete das musas,
meu talher*, 143

No jardim da velha praça, 50

Noturno mineiro, 35

Novo apólogo, 29

O Boi Queixume, 172

O Boi Queixume, Rainha Luzia, 172

Ó capitão Vitorino, 113

*O cômico, um enigma. Oscarito
era sério*, 153

O gato solteiro, 28

*O luar deixava as coisas mais
brancas*, 46

O maior trem do mundo, 174

O maior trem do mundo, 174

O poeta vai ao Jóquei, 49

O poeta, com seu claro enigma, 116

O que me agrada, o que pleiteio, 49

*O Rio Amazonas é o maior
do mundo*, 43

Obrigado, 32

Odylo, cidadão tranquilo, 173

*Odylo, cidadão tranquilo,
suave patriarca*, 173

*Oi, Louis Lumière, que alegria
falar com você*, 176

*Olhos de Elza não cantes,
pobre poeta*, 73

*Ontem, hoje, amanhã: a vida
inteira*, 65

*Os fazendeiros do ar...
eles semeiam*, 129

Os romances impossíveis, 50

Os versos de Guilhermino, 175

*Pablo Antonio Cuadra,
se uma voz*, 179

Papo com Lumière, 176

Para Gofredo Neto, 90

*Pastam no campo os bois
meditativos*, 48

Paulo Rónai, 71

Peço a um anjo fiel, 108

Pedro (o múltiplo) Nava, 178

*Pierrot, Pierrot, que fazes
neste baile*, 193

"Poesia, divino tesouro...", 75

Poesia, não perdida, achada, 66

Poeta humílimo, em ritmo pobre, 34

*Por que foste, Cirano,
àquela moça*, 144

Portinari, 79

*Prata de Casa,
A Eugênio Gomes*, 138

Que coisa é maralto?, 141

Que coisa é o livro? Que contém na sua, 78

Que desejo ao grande livreiro, 98

Que fiz de meu dia?, 23

Que mão sutil, quase divina, 76

Que me quer este perfume?, 59

Que o ano novo, abrindo a cortina, 97

Que pode a câmara fotográfica?, 161

Quem tem lavoura de vento, 127

Querida amiga Zu – meu claro enigma, 121

Querido Heitor dos Prazeres, 152

Recado ao poeta, 179

Ressonâncias da poesia de Henrique Lisboa, 180

Rio: ontem, hoje, amanhã, 181

Roteiro da Casa Matias, 40

Sagarana, 76

Santa Rosa, 74

Signos, 65

Solidão, não te mereço, 47

Soneto da buquinagem, 42

Soneto de Odylo e Nazareth, 190

Sumiram, no pélago da História, 181

Tantas vezes corri ao Dr. Nava, 178

Tempo e olfato, 59

Trem arquejante, cansado, 58

Um arlequim de oposto sexo, 135

Um cinzeiro, a Lygia Fagundes Telles, 136

Um livro, a Américo Facó, 133

Um marcador de livros, a Lúcia Branco, 134

Um retrato, a Sylvio da Cunha, 135

Uma noite que súbito, 105

Vai, carteiro, sobre as serras, 95

Vai, livrinho, corre, pula, 119

Vai, meu livro, de mansinho, 111

Veio da Hungria para a Rua do Ouvidor, 71

Velhos retratos; receitas, 80

Vem ver as antiqualhas, 60

Vento frio, noite quente, 30

Versos de fim de ano, 191

Vida: sê toda ritmo, sob divina, 104

Villon, Verlaine e Luís, 85

Vinhetas de carnaval, 193

Visão de *patchwork*, 196

Você sabia que a lua, 191

Carlos Drummond de Andrade (Itabira/MG, 1902 – Rio de Janeiro/RJ, 1987) foi jornalista, poeta, cronista e contista. Era redator-chefe do *Diário de Minas* quando, em 1928, publicou, na *Revista de Antropofagia*, o poema "No meio do caminho", marco inicial da sua carreira e dos novos rumos que o Modernismo apontava para a nossa literatura. Dois anos depois, estreou em livro com *Alguma poesia*. Escreveu, entre outras obras, *Sentimento do mundo*, *A rosa do povo*, *Claro enigma*, *Boitempo*, *Cadeira de balanço*, *Caminhos de João Brandão*, *Confissões de Minas* e *Contos de aprendiz*, que o consagraram como um dos mais importantes autores da literatura em língua portuguesa no século XX. Em 1987, o poeta itabirano foi reverenciado com o samba-enredo *O reino das palavras – Carlos Drummond de Andrade*, que deu à Estação Primeira de Mangueira o título de campeã do carnaval do Rio de Janeiro. A homenagem teve ares de despedida. Passados poucos meses, o Brasil foi surpreendido com a notícia da morte de Drummond, aos 84 anos.

Leia Drummond